바람의 뿌리를 찾아서

바람의 뿌리를 찾아서

김동기 수필집

한국문화사

바람의 뿌리를 찾아서

초판인쇄 2009년 11월 10일
초판발행 2009년 11월 15일

지 은 이 김동기
꾸 민 이 노민경
펴 낸 이 김진수
펴 낸 곳 **한국문화사**
등   록 1991년 11월 9일 제2-1276호
주   소 서울특별시 성동구 구의로 3 두앤캔B/D 502
전   화 (02)464-7708 / 3409-4488
전   송 (02)499-0846
이 메 일 hkm77@korea.com
홈페이지 www.hankookmunhwasa.co.kr

ISBN 978-89-5726-717-2   03810

〔祝詩〕

井村號頌

(시인, 한의학 박사) 靜山　孫昌鳳

陽 旭 井 村 開 霽 東
文 章 內 外 一 光 通
德 風 君 子 基 仁 地
詩 聖 古 今 藝 物 工

(양욱정촌개제동) 아침해가 정촌을 비추니 동쪽 하늘 맑아지고

(문장내외일광통) 글발은 안팎이 한 빛으로 통하는구나

(덕풍군자기인지) 덕풍있는 군자가 인을 닦는 땅인데

(시성고금예물공) 시성은 고금의 예물을 교묘히 담고 있네.

註 : 1) 東韻 ; 東 , 通 , 工.
　　2) 井村 ; 百濟時代 井邑의 古地名.(샘물 솟듯, 글맛 무진장 한 마을)
　　3) 德風 ; 仁德으로 사람을 感化함.
　　4) 仁 ; 仁人之安宅也 <孟子> (사람이 어질면 마음도 지극히 편안함)

바다에 고래가 산다. 새우도 산다. 땅에서는 이런 저런 사람들이 서로 경험하며 산다. 물론 그 경험의 가치는 '행복'이다. 행복이란 자기만의 만족이 아니라 하찮은 것일지라도 함께 나누는 기분 좋은 위안이며 조금씩 만들어가는 것이다.

나는 살면서 내놓고 자랑할 만한 감동스토리가 없다. 그저 바람처럼 세월에 묻혀서 살았으므로 굳이 말한다면 인생의 교만이라고나 할까. 비판할 능력도 없는 주제에 감히 '행복'이라고 하는 벅찬 주제로 이 책을 썼다.

<바람의 뿌리를 찾아서>는 한마디로 생활의 반성문이다. 가장 근접한 현실에서 사는 의미를 찾으려고 했으며 순수한 삶의 진실에 접근하고자 노력했다. 그리고 독자들의 지루함을 달래기 위해서 가능한 쉽고 유머러스한 이미지 수필을 썼다. 바라건대, 작가의 욕심이사 독자들과 궁합이 딱 맞아떨어진다면 더할 나위 없겠지만 이 책을 읽는 동안만이라도 호주머니에 깊숙이 손을 넣고 행복을 만지작거리는 시간이 되면 좋겠다.

<바람의 뿌리를 찾아서>를 쓰며, 솔직히 말해서 섣불리 덤벼들었다 함부로 도망칠 수 없는 처지였기에 그만큼 두려움이 있었다. 그러나 작가의 사명감으로 요즘 같은 독서 흉년에 단 한사람일지라도 내 글을 읽어주는 독자가 있는 한 나는 고독과 열심히 싸우며 보답할 것이다. 아울러 여하의 질책과 비판도 애정 어린 관심으로 받아들일 참이다.

미안하다. 이번에도 '아내'란 단어가 식상할 정도로 많다. 어쩔 수가 없다. 지금까지 살면서 나는 아내의 그늘에서 도무지 벗어날 재간이 없었다. 거칠고 냉엄한 현실에서 어떻게 나 홀로 살아갈 수 있단 말인가. 그동안 불편을 이해하고 후원해준 가족이 고맙다. 이 책을 통해서 함께 행복을 느끼고 싶다.

끝으로, 책을 알차게 꾸며주신 한국문화사 김태균 편집부장과 김진수 사장님께 감사드린다.

2009년 10월 중순

능마루 동순당에서

井村 김 동 기

■ 차례

1부 개똥을 묻으며

내 얘기 한번 들어보실래요?

유강원(궁터)길 가로등이 뿌옇다. 종일 장승처럼 버티고 서서 졸음에 꾸벅대다가 해가 지면 그제야 동그마니 어둠을 밝힌다. 식구들은 저마다 온기를 몰고 다시 모여들지만 13호 우리 집은 고독하다. 밤의 이름으로 바람마저 잠자고 구름도 사라진다. 간혹 국적이 모호한 도시의 언어가 인간의 내면을 겁도 없이 파헤치며 설움진 파장을 그린다.

오늘은 4월 초하루 만우절이다. 만우절은 생활의 반칙을 즐기는 풍습이기도 하다. 원래 거짓말이란 '거지 말'에서 비롯되었다 한다. 웬만한 부자 아니고는 어림조차 할 수 없는 일인데 구걸하는 거지가 말을 소유하거나 타고 다닌다는 것이 말조차 안 되는 말이다. 그래서 거짓말이 생겼다고 한다. 아무튼 악의가 없는 거짓말은 생활의 활력소가 된다. 따지고 보면 덕담과 칭찬도 하나의 거짓말의 미학일 수 있다. 얽히고설킨 인간관계 속에서 어떤 경우에는 참말보다 서로의 사이를 매끄럽게 하는 윤활유가 되기 때문이다.

조선시대 때, 눈이 많이 내리면 이듬해 풍년 든다 하여 첫눈 내리는 날에 궁인들이 왕을 속여도 죄가 되지 않았다 한다. 이 얼마나 재치가 넘치고 절묘한 여유인가. 다른 사람을 돕고자 하는 거짓말이나 듣는 사람을 위해 좋은 거짓말은 그만큼 선한 관계로 이어져서 인간사회를 보다 재밌고 끈끈하게 만든다. 이른바, 아름다운 거짓말은 현대 과학으로도 풀 수 없는 혼탁한 사회의 묘약이요 정화제다.

그렇다. 그러긴 하나 빤한 거짓말은 속이 다 보인다. 기분 좋은 거짓말은 한없이 유익하지만 옳지 않는 거짓말은 상대방을 도망치게 하는 결과만 초래한다. 급기야 좋은 관계에 금이 생기고 깨지는 사태까지 벌어지기 십상이다. 결국은 여러 사람들로부터 소외의 대상이 되며 도무지 신뢰할 수 없는 사람으로 존경받는 사회인이 될 수도 없다.

물론 사람치고 똥 안 싸고 사는 재주는 없다. 진퇴의 유곡에서 벗어나려는 순간적인 거짓말도 일종의 방편일 수 있다. 말하자면 생활의 필요악이라고나 할까. 그렇지만 그것이 아무리 정의롭고 미학적이라 할지라도 일상의 주제가 될 수 없는 노릇이다. 거짓말이란 밋밋한 생활 속에서 조미료 같은 색다른 맛을 가져다주는 것이기에 이따금 유머러스한 재치로써 웃음의 가치가 있는 것이지 밥 먹듯 해서는 곤란하기 때문이다.

내가 결혼한 지도 어언 40년 다 된다. 하지만 진정 나는 한 여자만 사랑했는가. 솔직히 그렇다 할 수도 없고 아니다 할 수도 없다. 왜냐하면, 사랑이란 것이 앙증맞은 것이라서 이랬다저랬다 하기 때문이다. 그럼 '행복했는가'. 라고 묻는다면 그 또한 마찬가지다. 행복이란 워낙 공처럼 각이 없고 모도 없이 생겨 도무지 알 수조차 없다. 아무튼 딸 셋과 아들을 낳고 능동에서 살고 있다. 세월도 빠르지 하면서 어쩌자고 그토록 미련스레 살았는가 모르겠다. 뚝딱하면 굴려서 눈덩이처럼 재산을 증식하는 재주꾼들을 뻔히 보면서도 그 짓을 못하고 꾹꾹 눌러 살았으니 참 바보 아니면 천치가 아닌지.

사실은 여태 속아서 살다보니까 더 버틸만한 내공도 생겼다. 기왕

사는 바에야 나는 믿는다. 성동의 벌판에 다시 해가 뜬다는 것은 변함이 없는 사실이기 때문이다. 햇살이 세상을 채우며 아침을 열면 아름다운 사람들의 잔치가 어김없이 시작된다. 골목조차 부산해지고 13호 우리 집 식구들도 가쁜 숨을 내쉰다.

*유강원(裕康園) : 순명황후비(조선27대 순종왕비) 능 터.
*13호 : 유강원길 가옥 번호다.

우리 집 애기 한번 들어보실래요?

건대역 주변은 낭만과 예술이 출렁대는 동네다. 언제나 젊음이 가득하고 생기가 발랄하다. 그래서 사는 것이 장난처럼 보이기도 한다. 남들은 살기가 힘들어 죽겠다고 그러는데도 마트와 레스토랑은 밤이나 낮이나 늘 호황이고 거리마다 젊은이들이 북새통을 이룬다. 하지만 밝은 곳이 있으면 어두운 곳도 있는 법이다.

지하철 군자역 6번 출구로 말굽처럼 휘어져 나오면 우리 집이 보인다. 더러는 이 땅이 모자라서 국적을 포기하는 건방진 사람들도 있긴 있는 모양인데 우리 집은 아무 때나 다리 쭉 펴고 편히 쉴 수 있는 곳, 치외법권의 요람이다.

요즘 나는 집에 동그마니 홀로 있을 때가 많다. 딸 셋 다 시집보내고 나서 아내의 마실 나가는 횟수가 빈번해지고부터다. 자연 여러 사람들을 떠올리는 버릇이 생겼다. 그 중에 韓씨란 사람은 헌집을 수리하는 사람이다. 작달막한 키에 귀까지 어두워서 한 옥타브 정도 높은 음(音)자리로 불러야만 그때서야 대답을 한다. 하지만 그가 동네에서 인기 짱이다. 밤낮 어느 때고 부르기만 하면 척척 해결해 주는 고마운 아저씨였기에 동네 아주머니들과 친한 사이다. 물론 그가 우리 집 단골이기도 하다. 집수리뿐만 아니라 하수구가 막혔을 때, 보일러가 고장 났을 때도 그가 다 고쳐주었다.

나는 이따금 공중목욕탕에서 그를 만난다. 세탁소 앞에서 만나는 경우도 있다. 언젠가 이발소에서 만났을 땐 둘 째 아들 장가보낸다며 청첩장 하나 꺼내들더니 아직도 내 이름을 모르고 있었던지 다짜고짜 이름이 뭐냔다. 젠장, 그래서 나를 김씨! 라고 불렀던가 보다.

요즘 韓씨의 얼굴에 검은 그림자가 드리워졌다. 그동안 열심히 하던 집수리 일을 그만두고 그 자리에 자그마한 생선횟집으로 바꾸고 나서 처음엔 되는 성싶더니 계속 파리만 날린다는 것이다. 정말 그런가 보다. 그는 한참 동안이나 군자역 출구를 물끄러미 보며 푸념한다. 황금알 낳는 금싸라기 땅 될 줄 알았는데, '이게 뭐냐?'는 식이다. 아닌 게 아니라 그가 지하철 공사하는 동안 내내 불편을 견디며 살았다.

하지만, 올 년 초에 닭갈비집이 없어졌다. 그 자리에 '춘자식당'이 생긴 것이다. 그리고 지난달에는 빵집 하나가 개업하더니 생선회집이 하필 코앞에 또 생겼다. 빵집이사 韓씨와는 별 상관없다 싶지만 횟집이 생긴 것은 강력한 경쟁관계가 되므로 타격이 클 수밖에.... 더구나 새로 생긴 횟집 주인은 요리사 자격증까지 있으며, 젊고 반반한 데다 변죽도 좋아서 韓씨로서는 버거운 경쟁상대다. 그래서 그가 속 앓이를 된통 하는 모양이다.

퇴근 후 집에 와서 보니까 주민세 독촉장이 배달되었다. 안 그래도 재산세를 제때에 납부하지 않아서 10% 가산금까지 붙어있는 판에 또 그리된 것이다. 하여, 나와 아내가 못낸 것, 아니 안낸 것을 놓고 서로 치열한 책임공방이 벌어졌다. 소비권의 주체인 아내는 평소 재산세에 대해서 왠지 불만이 많았으며 소극적인 태도를 보였다. 말하자면 조세저항이라고나 할까. 전화, 수도, 전기 등 직접 사용한 요금 따위는 은행으로 자동납부 하는데 반하여 재산세나 주민세만큼은 고지서만 봐도 함부로 팽개치거나 미적미적하는 바람에 내가 챙기는 경우가 간혹 있었다.

사실 아내만 탓할 일은 아니다. 재산세가 우리에게 억울한 측면도 있기 때문이다. 아내와 나는 군자역 부근에서 줄곧 살지만 허울만 좋은 개살구다. 건대역 근처나 구의역, 화양리, 성수동, 뚝섬 등은 발전계획이 발표되면서 뜬금없이 '복동네'되고, 그야말로 천정부지로 뛰는데 우리 동네는 우두커니 딴전만 피우고 있으니까 이제나 저제나 뭔가 기대를 걸고 사는 아내인들 아니 부아가 나겠는가. 종래는 핏대가 서고야 만다. 아파트와 대형 상가가 들어선다는 그 동네야 살맛이 나겠지만 상대적으로 자존심이 붕괴된 실낙원(失樂園)의 마님은 재산세고지서를 대할 때마다 반감만 커질 것이 빤한 일이다.

낮과 밤이 교차하는 오후다. 어디선가 전화가 왔다. 알고 보니까 동네 슈퍼 아줌마다. 벌써 10여 년 동안이나 거래하던 단골 사이로 지금은 외상이 통하는 정도다. 아내는 전화를 끊자마자 부산한 움직임을 보이더니 배추 다섯 포기와 무 세 개, 내친김에 샀다며 정육점에서 상등급 안심과 목 삼겹살까지 장을 봐 왔다. 그리고 시집간 세 딸들에게 차례대로 전화를 거는 것이었다. '애미야, 김치 없지? 와서 가져 가! 기왕이면 신랑이랑 함께 와서 저녁도 먹고-!'

세 딸들의 내외는 직장에서 좀 느지막 도착했다. 우리 식구 세 사람을 포함해서 모두 12명의 대가족이 되었다. 아내가 지하실 어딘가에 저장해 둔 여러 술병 중에서 인삼주 한 병을 들고 와 '이거 20년 됐는데…' 하며 사위들 앞에 내놓는다. 그러자 분위기가 급상승한다. 삼겹살을 김치에 싸서 인삼주 한 잔 쭉 들이키는 모습이 참 오랜만에 연출하는 우리 집 풍경이다.

우리 동네 얘기 한번 들어보실래요?

1) 능동

능(陵)이었다고 한다. 조선 마지막 왕(27대) 순종의 황후인 순명효황후의 능이었던 옛 유강원(裕康園) 터가 지금의 어린이대공원 안에 있다. 순명효황후는 세자빈에 책봉되었으나 순종이 임금 되기 전 사망하여 유강원 터에 묘소를 마련했던 것이다. 그러나 지금은 우리나라 심장부라고 말할 수 있는 서울의 도심 안에 유일한 어린이 대공원이다. 얼마 전부터 무료로 개장한 관계로 주말뿐만 아니라 평일에도 많은 어린이와 어른들이 찾아들고 있다.

능동에는 지하철역이 3개나 있다. 이 또한 서울에서는 유일하다할 자랑이다. 정문과 후문 그리고 능동 사거리에 5호선과 7호선이 교차(환승)통행 한다. 그래서 능동 시민들은 자가용을 차고에 모시고 산다고 농담할 만큼 교통의 편리함을 은근히 자랑으로 여긴다.

2) 당나귀 집

난 집 주인이다. 그리고 가장이다. 가족들의 행복을 위하여 그들에게 희망을 주는 마름이어야 한다. 내가 이 집을 35 갓 넘어서 장만했다. 소액의 전세살이 전전하다 두어 번 사고팔고 끝에 처음 집을 장만 했는데 전원적이고 목가적인 동네를 찾다보니 그게 바로 능동 224번지다.

사실 몇 년 동안은 자주 단장을 했다. 하수구도 고치고 마당 구석에 창고도 이어짓고 나무랑 심었다. 그사이 아이들도 컸다. 어렸을 적엔 꼬마친구들이 부잣집에서 산다며 다들 부러워했다고 한다. 그러나 최근에 만난 그 때 그 친구들이 아직도 그 집에 사느냐고 놀린다는 것이다. 하긴, 누가 봐도 전혀 달라진 것이 없으니까 그런 핀잔쯤 들어도 싸고 정작 대꾸할 말도 없다.

3) 능동의 판타지

숲이 우거진 마을, 우리 동네는 흐린 창보다 맑은 창이 더 많다. 광나루 습기가 갈증을 씻어주고 열기도 덮어주지만 숲에서 뿜어주는 녹색 무공해 공기를 마시며 아이들이 쑥쑥 큰다. 그리고 아침 일찍 어른들이 건강을 도모하며 공원을 산책한다. 뿐만 아니라 생활인들조차 아름다운 하루를 여기서부터 힘차게 시작한다.

아차산은 우리 동네 명산이다. 점박이처럼 군데군데 헐벗은 산이긴 하나, 제일 먼저 어둠을 걷어내며 여명으로 아침을 연다. 역사와 전설의 혈류가 금색 빛살을 이루고 마을은 삽시간 생기가 감돈다. 고요가 멈춘 군자역에 호감어린 빗장이 풀리면서 어디론가 옮기는 사람들의 발걸음조차 가볍다.

삶의 시작은 언제나 꿈을 구현한다. 건국대와 세종대가 마을의 큰 자랑이다. 젊음이 있는 곳에는 노래와 춤판이 있고 무엇보다 미래가 있기 때문이다. 모름지기 좋은 지식이 진보적인 역사를 만들어간다 하지 않는가. 우리 동네는 낭만과 문화의 길잡이, 그런 엘리트들이 포진하고 있기에 프라이드(pride)가 도도하다.

4) 드럼 치는 사람들

우리 동네는 크고 작은 점포들이 많다. 비록 서비스업들이 주종이고 아직은 자립도가 낮은 것이 사실이다. 그러나 그들이 성장 동력이다. 빵 굽는 냄새와 살코기 몇 점으로 배가 포만해지는 것이 우리 동네 낮의 풍경이지만 빌딩들이 나란히 들어서는 능동(군자역)사거리가 몰라 볼 만큼 번성해졌다.

'가구거리'는 우리 동네의 상징이다. 사제품에서 명품에 이르기까지 다양하고 화려한 테마의 거리다. 하지만 가구만 파는 거리는 아니다. 군자대로(大路) 사이사이엔 꽃집도 있고 약국도 있으며 교회당도 있다. 또, 능동로(路)는 새로 지은 8층 이상의 빌딩들이 늘어서 있다. 식당, 옷가게, 병원, 주유소, 은행 등등... 그리고 극장이 신축 중이며 아파트 모델 자리에 LG전자가 성업 중이다. 그러나 무엇보다 군자역 로터리 부근에 대형마트도 생길 거란 소문으로 북치며 장고도 치는 저- 능마 루 사람들의 신명에 나도 덩달아 춤을 추고 싶다.

5) 밤의 열꽃

뻥튀기 소리가 멈추면 네온 불빛이 골목을 다시 채운다. 그리고 그 때서야 능마루 사람들은 익숙한 번지를 찾아간다. 혹은 손에 들었거나 빈손일지라도 가족들이 서로 온기를 모으며 오순도순 TV 보다가 잠자 리에 드는 것이 일상이다. 하지만, 이따금 가벼운 차림으로 다시 골목 에 나와 자유인이 될 수도 있다. 친구와 함께 횟집에서 활어 맛을 즐기 던지, 삼겹살을 굽던지 간에 그것이 능마루 사람들의 낭만이다. 그들은 새로운 이슈(issue)와 어록을 만들고 분노도 삭이며 우정을 다져간다.

요즘의 화두는 능동이 왜 군자동으로 통합되어야 하느냐는 것이다.

사실 지금의 군자역이 능동 사거리에 위치하고 있음에도 군자역으로 명명한 것에 대하여 회자된 바가 있었다. 능마루 사람들은 능동에 그만한 인물이 없었던 탓에 괄시 당했다며 분통을 터뜨렸지만 그 서운함마저 가시기도 전에 또 통째로 삼키려는 저의가 들어난 것이다.

「능동, 군자동 통합 결사반대!」 군자역 6번 출구에서 현수막이 눈에 띤다. 능동 사람들이 분노한 것이다. 흡수 통합이야말로 역사와 전통의 근간이 흔들리고 자존심마저 황폐화될 것이기 때문이다. 그리고 삶의 터전에 대한 이미지 손상과 행복권까지 큰 타격을 당할 것이 불 보듯 빤한 일이다. 솔직히 말해서 여태 살아온 30여 년의 보람이 허무 이야기가 된다면 그야말로 언어도단이다. 나는 능동 이름으로 내 번지를 만들었고 그 번지는 내 영혼의 안식처다.

6) 얼큰해진 골목

한잔 한잔에 인생도 취한다. 술 냄새 젖은 골목에서 느지막 초인종을 누르면 그래도 내색 없이 아내가 반긴다. 고향처럼 포근한 불빛 아래 아이들의 신발이 너부러져 있어도 안도가 된다. 오늘 그 무엇이 나를 분노케 하였을 지라도 나는 능마루 사람으로서 가난하지 않고 부자도 아닌 것이 다행이다.

개똥을 묻으며

봄은 생명의 잔치다. 일치감치 목련이 피고 지니까 시샘하여 벚꽃들도 핀다. 지금 고향에는 순한 짐승과 새들이 동산에 서서 마을을 보고 있을 것이다. 봄의 절정에 강아지가 야한 눈빛으로 덤벼든다. 나는 개똥을 땅에 묻는다. 두근거리는 가슴으로 묻고 있을 때 아내는 하얗게 빤 속옷을 빨랫줄에 줄줄이 널며 왼손으로 빛이 부신 햇살을 가린다.

요사이 나에게 새 친구가 생겼다. 다섯 살 박이 그 녀석은 나보고 할아버지라 부르고 나는 이놈 저놈 그런다. 여간 성가시게 하는 고놈은 얼마 전부터 동네 '어린이 집'에 다닌다. 그래서 조금은 나아졌는데도 브레이크가 풀려버린 장난감 자동차마냥 좌충우돌하기 일쑤고 뜻대로 되지 않을 땐 막무가내 떼쓰는 통에 참으로 지절이다. 그런데 고놈이 오줌가리기와 말하기 연습에 열중한다. 낯설고 복잡한 세상살이에 도전하는 모습이 기특하다. 하여간 그놈 때문에 우리 집은 재치와 웃음이 넘치고 사는 재미가 고소해졌다고 봐야한다.

봄 햇살은 여전하다. 내친김에 온실에 갇혀 있는 화분도 현관 앞 층층대에 옮겨 놓았다. 먼지를 지우고 분갈이도 했다. 그리고 적당히 물까지 뿌려주었다. 분갈이 흙은 그야 강아지 배설물로 만든 퇴비인데 옛적에 농촌에서 많이 봐온 터라 유기농법에 의한 농사일은 조금 자신이 있었던 터다.

참 생각하면 6,7십 년대 새마을운동은 한강의 기적을 만들어낸 원동력이었다. 경제 재건운동의 일환으로 농촌에 퇴비증산을 장려했던 것이다. 어린 아이에서 어른들까지 새벽마다 낫으로 풀을 베어 퇴비를 만들곤 했다. 그것이 신화창조의 주역이 될 줄이야... 오늘 내가 새삼 느끼는 것은 아무리 작고 하찮은 것도 부자의 밑거름이 된다는 사실이다. 정말이지 그땐 나이가 어린 탓도 있지만 몰랐다. 개똥을 땅에 묻으면서 이제야 가난도 행복의 자산이 된다는 것을 깨닫는다.

왜 사는가. 들자니 무겁고 놓아버리자니까 내 인생이 아프다. 솔직히 나는 이즘에 와서 아름다운 인생의 이모작을 고민해 본다. 현실과 이상의 괴리에서- 1)아직은 가장으로 책임져야할 일이 많다는 것과 2)현실에 얽매여 연연하다보면 나중에 후회하는 인생이 될지도 모른다는 것이다. 하지만 현실이 만만치가 않다. 가정의 기둥이요 버팀목이 함부로 흔들리는 것에 대해 가족들의 걱정과 분노하는 빌미가 될 수 있기 때문이다.

궁여지책이라 할까. 나는 새로운 돈벌이를 시작했다. 막역한 친구의 사업을 거들어주고 난생 처음 봉급쟁이가 된 셈인데, 벌어들인 돈은 고스란히 아내에게 바친다. 아내는 먼저 헌금액을 떼어놓고 그 다음 미장원 파마 값으로 얼마 제쳐둔다. 그리고 달력에다 중요한 날은 동그라미 치거나 V표 한다. 옛날 같으면 뭉칫돈 보고도 별로 생각하던 아내가 요즘은 손끝에 침을 바르고 흥얼거리며 셈하는 모습이 행복해 보인다.

개똥 냄새가 잠잠해진 오후다. 고놈이 어린이 집에서 왔다. 역시 씩씩하고 눈망울이 초롱초롱하다. 티 없이 맑고 환한 얼굴로 우당탕탕

마루에 들어서더니 나보다 시집 안간 젊은 이모를 더 좋아한다. 고놈은 이따금 어른들의 흉내를 곧잘 내서 주위 사람들까지 놀라게 하고 나에게 기쁨을 주는 똑똑한 녀석이다.

나는 봄의 한 가운데 서서 목련과 모과나무를 번갈아 본다. 올해도 그 그늘 아래서 아내랑 여름을 보낼 것이다. 여름에 만난 얼굴을 떠올리며 낭만의 가을도 맞이할 것이다. 그리고 겨울엔 눈꽃을 지우면서 다시 봄을 그리움으로 기다릴 테다.

아버지의 터

694번지는 아버지 터다. 방아다리 앞에서 동남쪽으로 뻗은 대신천 제방을 걷다보면 천촌 마을 694번지가 나온다. 694번지는 형과 내 태의 무덤이기도 하다. 나는 방아다리에서 택시를 부를까 하다가 옛 생각이 나서 걷기로 했다.

동과 서로 통하는 태극 모양의 대신천이 통석에서 방교 들녘으로 흐른다. 그 긴 둑과 개천은 농자(農者)의 젖줄이기도 하지만 내가 6년 동안 걷던 곳이며, 아버지도 장날마다 다니시던 길이다. 지금은 갈대와 잡풀이 무성하고 둑은 콘크리트 도로가 되어 달구지 대신 자동차들이 달린다.

<둑의 풍경> 옛날 같으면 소들이 신나게 풀을 뜯거나 졸거나 했을 것이다. 아니면 누워서 뭔가 생각하며 왕 눈을 깜빡대고 있을지도 모른다. 그런데 그 소들은 보이지 않고 국적이 모호한 점박이 소들만 쇼윈도 상품처럼 부푼 젖가슴을 내놓고 있다. 다만, 누드가 감동을 준다. 누런 알곡들이 황금색 들판을 이루고, 씨 여문 고추들도 실한 남자의 그것처럼 거시기한 모습으로 갓길에 매달렸다. 재수일까. 오랜만에 메뚜기 하나 잡았다. 개구쟁이 적 생각이 나서 다짜고짜 구워 먹을까 하다가 그만뒀다. 메뚜기가 말하기를, '안돼요. 조금만 참으세요!'라고 하

는 것 같아 갑자기 힘이 쭉 빠지고만 것이다.

<하느멀> 하늘이 가깝다하여 천촌(天村)이라고도 부른다. 동네 입구에 내 친구 공수와 박영구씨가 살던 '모롱지'가 나온다. 모롱지엔 상엿집이 있었으며 성황당이 있던 곳이다. 나는 밑둥치만 남겨진 당산나무에 돌멩이 세 개 던졌다. 하나는 물집이 생긴 발병을 당장 고쳐 달라 했고, 그 다음 내 아들의 앞길도 훤히 터 달라 통사정했다. 그리고 마을에 잡귀가 얼씬 못하도록 하여 모두 잘 살게 해 달라고 빌었다.

마을회관은 마을 한 가운데 새로 지었다. 최근 통진선(통석리-진흥리) 도로가 생겨서 전보다 훨씬 살기가 편해졌다고 한다. 하지만 6·25동란 때 피난의 은신처였던 지양골(작양골)이 아버지의 무덤으로 변했으니 역사란 아이러니한 일 아닐 수 없다. 아버지는 일본인의 속박과 폐허 속에서 살았다. 그리고 6·25를 겪었으며 난세에 청춘을 모조리 빼앗기고 추락하는 이름으로 사신 분이다. 도대체 산다는 것이 뭔지... 거칠고 보잘 것도 없는 고라실(耕地整理 안된 곳) 땅을 일구며 허리가 괭이처럼 휘도록 고생했지만 가난이 모질기만 하였던 것이다.

지금은 문명의 옥토다. 농작물 재배지로써 농가소득의 반을 차지한다. 아무튼 고향이 몰라볼 정도로 변한 건 사실이다. 아버지의 고향은 호남선 철도가 지나고 내 고향은 호남고속도로가 새로 굽이친다. 나지막한 들판은 인삼밭으로 개간되거나 사과나무가 심어졌다. 그래서 지금은 효자의 땅이다. 나는 아버지 터에서 길을 물었다.

'여기가 김젭니까? 정읍입니까?'

아주머니, 이상하다 싶던지 한번 쓱 쳐다보고는 계속 고추를 딴다. 그리고 조금 후 허리를 천천히 펴시더니 벌겋게 물든 매운 손으로 햇살을 가리시며 어디서 왔느냐고 되묻는다. 서울에서 왔는데 오래 전에 떠나선지 잘 모르겠다 말하자 그제야 마음의 문을 열어 주신다.

'정읍신디 모록지라고 혀요.'

맞다! 모록지(鹿洞)다. 모록지는 김제시와 정읍시 북동쪽 경계선에 있다. 그래서 내가 착각한 것이다. 그렇지만 예전에 듣던 이름이라 이내 기억할 수가 있었다. 그때서야 초등학교 동창생 이름 대고 안부를 물었더니 젠장 죽었다고 한다.

죽다니... 기막히다. 기대가 절망이 되는 순간 억장도 무너진다. 나 또한 언젠가 별 수 없이 가게 되지만 죽음을 생각하면 너무 허무하다. 그래설까. 불현듯이 친구들이 새로워진다. 다정하고 정의로운 이름들 중에 더러는 고향을 멀리 떠난 친구도 있다 한다. 조상의 묘에 잡풀이 우거져도 도무지 알 수 없는 그 어깨동무 친구, 왠지 그가 참 그지없이 궁금하다. 나는 아버지의 터에서 다시 길을 물었다.

'여기서 방아다리까지 10리가 짱짱하지요?'

아주머니가 그렇다고 한다. 그러면서 재하나 넘으면 '원평초등학교' 가 있는데 행정구역이 다르기 때문에 '아그들이' 방아다리까지 걸어서 다녀야 한다고 한다. 예전에 분교(대룡초등학교)가 있긴 있었으나 다 서울로 훌쩍 떠나가는 바람에 얼마 안 가서 폐교하는 상황이 되었다는 것이다. 그나저나 나는 도로 방아다리까지 걷는다. 전주행 버스를 타야만 서울 가는 고속버스 탈 수가 있기에 택시 부를까 하다 걷기로 했다.

<아버지의 터>

나도 언젠가 이곳에 묻힐 것이다.

내 무덤을 찾아 아들도 여기 서서 나처럼 길을 물을 것이다.

사위나무

동토의 나라에 봄이 들고부터 햇살이 부시다. 개나리 진달래 철쭉들이 봄의 대사로서 희망을 노래하며 잔치를 벌인다. 목련과 벚꽃들도 그 자태를 다투어 뽐낸다. 그래서 봄의 대지는 자애로운 어머니처럼 언제나 따사한가 보다.

그야 봄은 해마다 온다. 하지만 그 봄은 새봄이다. 그냥 왔다 가는 봄이 아니라 삶의 의미와 여운을 남긴다. 생각하는 계기를 이어주고 바르게 행동할 수 있도록 방향도 제시한다. 하긴 가을의 곡식은 봄에 심어둔 결과다. 아무리 천박한 땅일지라도 성실하고 부지런한 사람에게는 옥토가 되는 것이다.

내 어언 이순의 나이가 되었다. 봄은 언제나 아름다운 희망으로 와서 나를 철들게 한다. 하지만 나는 시류와 영합하여 교만을 즐기며 청춘을 보냈다. 젊음이 잠깐인 줄도 모르고 하찮은 것에만 집착하고 말았던 것이다. 그러다가 회한의 연가를 부르며, 아름다운 눈으로 세상을 보고 바르게 살자 다짐했건마는 아쉬움뿐이다.

살다보면 '허' 하며 살 때가 있다. '흥' 하고 살 때도 있다. 사실 행복의 보편적 가치는 줄 것도 없고 받을 것도 없을 때다. 큰딸이 시집가서

아들 재우(幸宇)까지 낳아 나를 할아버지로 만든 영광을 주었다. 그 맏
딸이 또 두 번째 임신 중이고, 작년에 결혼한 둘째도 첫 회임 중이라고
하니까 정말 분에 넘친 겹경사 아닌가. 문득 나무를 심어야지 하는 생
각이 들었다. 아직 태어나지 않은 그 미지의 아이들에게 신나는 놀이
터와 좋은 외갓집의 추억을 만들어 주고 싶었기 때문이다. 그래서 아
무를 심기로 한 그날이 3월 마지막 토요일이다.

  식목하기 아주 좋은 날씨였다. 수소문 끝에 서울의 동쪽 변방 어느
수목원에서 건장한 남정네 종아리 굵기 만한 세 그루 감나무를 샀다.
어찌보면 인간사(生老病死)와 얼추 비슷한 처지이기에 웃돈까지 얹어주
고 좋은 단감나무를 고른 것이다. 그런 다음 온가족들이 모여서 조심
스레 마당에 옮겨 심었다. 사위들과 아들이 땅을 파고 나와 아내는 정
성껏 흙을 고르며 기대에 찬 눈 맞춤도 했다. 그리고 심은 후에는 식수
의 기념으로 가족사진까지 찍었다.

  <사위나무> 나무도 나무지만 지어놓고 보니까 이름부터가 근사하
다. 마당 오른쪽 담장 곁에 심은 나무는 '큰사위나무'라고 이름 붙이고
왼쪽 것은 '작은사위나무'라고 했다. 그리고 마당 안쪽의 나무는 '막내
사위나무'라고 정했다. 하여간 사위자랑도 팔불출에 낀다 하니까 더는
속내를 드러내기조차 부끄럽지마는 따지고 보면 행복이 뭐 별 것인가.

  봄의 단비에 사위나무가 목을 흠뻑 적신다. 지금은 초록빛 애송이지
만 아름다운 심성과 간결한 언어로 보다 나은 삶을 지향한다. 나 또한
하얀 감꽃으로 목걸이를 만들어서 다섯 살 박이 손자(재우) 녀석에게
걸어 줘야겠다고 약속을 해본다. 사위나무는 햇살과 바람으로 소명을
다하여 연시와 농익은 홍시가 되어 줄 터- 그 달콤한 맛에 세월이 가는
줄도 모르고 나는 한가롭게 나이 먹으리라.

<안녕!> 요즘 안녕이란 단어가 익숙해졌다. 아침과 저녁에 사위나무와 악수를 하곤 한다. 하필이면 좁디좁은 마당에다 옮겨 심은 게 미안하고 한편 꿋꿋하게 커가는 모습이 고맙기도 해서 나는 평생의 동지로서 인사를 청하는 것이다. 그러나 사실은 나보다 아내가 더 친한 관계다. 아내는 나무에게 우유와 콩나물을 먹이고 싶다고 한다. 3여1남이나 키워서 성장시킨 유익한 경험이 있는 아내이기에 나무에 대한 우호적인 관심과 애정을 그렇게 표현한 것이다. 나는 탁! 무릎을 쳤다. 아내의 얼토당토아니한 말이긴 하나 성장과 번영을 빗댄 기발한 비유라는 생각이 들었기 때문이다.

농구를 시켜볼까. 나도 옆에서 한마디 거들었다. 농구하면 키가 큰다는 말을 들었기 때문이다. 하긴 나보다 키가 한 뼘쯤 더 긴 아들이 어려서부터 농구를 퍽 좋아했다. 거리농구 대회에서 준우승까지 차지할 정도였으니까 농구 때문에 키가 큰 건지, 키가 커서 농구를 좋아하게 되었는지는 알 수 없으나 우유와 콩나물을 많이 먹었고 농구도 좋아한 것이 사실이다. 그러나 클래식 음악을 들려준다면 모르지만 나무에게 농구를 시키다니 참말로 엉뚱한 우수개소리 아닌가.

아무튼, 사위나무는 우리 식구들의 새로운 희망이 됐다. 그야 물론 나무를 보며 때로는 반성도 하고 더 많은 기쁨과 감동을 얻게 될 것이다. 번성과 부자의 꿈나무로서 계절에 따라 꽃피고 열매도 맺을 테고, 초록빛 누드에서 달콤한 분홍빛으로 영글어갈 것이다. 살다보면 허, 하고 살 때와 홍, 하며 살 때처럼 추운 겨울과 몹시 더운 여름도 번갈아 겪으면서 단단한 몸으로 살아갈 것이다. 그런 사이 나도 여지없이 나이를 먹게 될 것이다.

올 가을에 사위와 함께 손자들이 오면 아내가 쟁반 위에다 농익은

감을 내놓을 게다. 아마도 나는 그들이랑 씨를 고르며 달콤한 이야기의 말문을 터야겠다. 그리고 잘 생긴 성한 놈으로 보자기에 곱게 싸서 사돈집에도 보내드려야지...

반쪽 토마토

맛이라 하면-

옛적 임금님 수랏상에 올려 졌다고 하는 전복을 따를 수는 없다. 그러나 전복과 버금가는 '올갱이(다슬기)'가 조미료패각(貝殼)이라는 사실을 요즘 알았다. 비록 몸집은 작으나 시래기나 아욱으로 끓여서 만든 올갱이국 맛이 전복죽 버금가는 일품이다. 시어머니가 며느리 몰래 먹는다는 그 맛!, 올갱이는 밥맛을 돋아주고 쇠한 기력을 세워준다고 한다. 그리고 피부미용뿐만 아니라 피로와 노화를 방지하는 효과가 있다한다.

나는 미식가가 아니다. 식도락가도 아니다. 최근 지방에 다녀올 일이 생겨 휴게소에서 국밥(올갱이) 한 그릇 시켜 먹은 것이 처음이다. 그럼에도 내가 맛을 평가하다니... 미안한 말이긴 하나 음식이란 맛을 봐야맛을 안다. 그리고 시장이 반찬이다 하는 옛말처럼 입이 가난하면 입정이 순해지고 허기가 지면 쓴맛조차 모르는 법이다.

옳거니, 내가 올갱이를 귀족 생물이나 다름이 없는 전복과 비교한다는 것이 누가 봐도 가당치 아니 한데, 지금 내 처지에 올갱이 맛이 딱제격인 처지다. 하지만 나도 딴에는 부자라고 생각해 본 적이 있었다.

나로서 가장 치욕적인 과거의 이야기가 되지만 그다지 아쉬울 것 없이 쭉 살다가 단 한 번의 실수 때문에 산 입에 거미줄 칠 뻔한 일이 생겼던 것이다. 말하자면, 그런저런 이유로 2001년 사업을 정리하고 나서- (그러나 부자가 망해도 3년은.) 별 뾰족한 수 없이 그동안 쑤셔 박아둔 비상금으로 자투리 인생처럼 살았다.

행운인가. 줄 것도, 받을 것도 없이 덤덤히 살며 딸 셋 시집보내고 아들이 취직을 하고 나니까 나 또한 묻지마 나이가 되었다. 뼈 빠지게 일을 하거나 가장으로서 어떤 의무감 때문에 아등바등 허덕일 이유가 작아진 것이다. 그런데 얼마 전에 지방정부(농촌공사)로부터 낭보가 날아들었다. 이른바, '신재생에너지 용지매수보상협의요청'서였다. 사실은 20년 전에 노후 씨알자금으로 바닷가 근처(처갓집 동네)에다 농지를 사서 묻어둔 것이 수용된 것이다. 그리하여 나에게 감히 생각지도 않았던 억대의 거액이 생겼다. 그렇지만 그 돈 때문에 아내와 나는 밤마다 뒤척이는 일이 생겼다.

아내는 땅에다 묻자는 것이고 나는 하늘에 맡기자는 것인데, 서로의 주장이 팽팽했다. 쉽게 말해서 나는 나대로 살면 얼마나 더 오래 살겠냐며 부동산보다 돈벌이 될 만한 곳에 투자하여 마지막 기회를 잘 활용하자는 것이었다. 그러나 결정을 내리기까지는 여간 고민이 아니었다. 티격태격 싸울 일도 아닌 것을 고놈의 돈이 우리 사이 중심에 서서 왔다갔다 싸움의 빌미를 주었다. 그러던 중 참으로 어이가 없는 일이 생겼다. 느닷없이 결정의 순간이 왔던 것이다. 아내의 음성이 조금은 흥분된 탓인지 두서가 없었다.

'뭐라고? 응- 다시 말해 봐. 그래서 ...? 그럼 당신이 알아서 해요!'

이야기는 이렇다. K산업에 근무하는 아들한테서 전화를 받고 그 내

용을 다시 나에게 설명하는 과정이다.

'여보, 방금 아들한테서 전화 왔어요. 증권통장 하나 만들어 달라고 하네요. 지네 회사 직원들이 그러는데 K주식을 사면 한 두 달 사이에 1주당 2,3만원 이익이 생길 거라고 하더래요. 그러니까 빨리 증권회사에 가서 계좌를 개설하래요. 어쩌지요?'

'좋지!' 물어보나마나였다. 아들이 부탁한 대로 아들의 이름으로 통장 하나 만들었다. 그러나 군중심리였을까. 우리 내외는 아들 몰래 의기투합하여 이른바, K산업 주식에 몽땅 투자했던 것. K산업은 우리나라 7대기업으로 꼽히는 굴지의 재벌회사다. 아들이 사원이 되고부터 더욱 호감을 갖게 되었고 더더욱 미래에 대한 믿음과 신뢰가 작용했던게 사실이다. 아무튼, 얼떨결에 돌이킬 수 없는 거사를 저질러 놓고 우리 내외는 천기가 누설될까봐서 묻지마 통장을 장롱 깊숙이 숨겨두고 때만 기다렸다.

그런데 이럴 수가, 자고나면 떨어지고 자고나면 또 떨어지고...

처음엔 그러다 말겠지 생각했다. 주식이란 생물과 같아서 널뛰기 속성 때문이라며 거듭하여 반전을 기대하곤 했다. 하지만 촛불시위 탓인지, 미국의 서브프라임모기지 때문인지 마침내 코스피지수가 1,000선까지 어이없이 무너지는 바람에 불과 몇 개월 사이 k산업 주식은 80% 이상 처참하게 곤두박질치고야 말았다. 졸지에 개미군단의 말석에 앉아 억대의 돈을 뼈다귀도 못 추릴 처지에 놓인 것이다.

나는 대통령을 기대했다. 아내도 이명박 정부를 믿었다고 한다. 솔직히 말해서 우리의 고통이 꼭 대통령 탓인가는 객관적으로 따져봐야겠지만 황당하고 허탈하다. 이명박 후보가 경제를 살리겠다고 해서 우리는 그 선거공약을 믿었으며 그가 대통령이 되고나서도 국민을 편히 모시겠다하여 정말 신나게 호강할 줄만 알았다. 그러나 지금 나에게 입맛이 뚝 떨어질 정도로 실망과 고통이 지배한다. 참을 수 없는 분노와 모욕감이 생겨서 마구 대들고 싶다고나 할까.

그러나 그럴 순 없지... 마음을 삭이며 무심코 냉장고를 열었다. 외출에서 돌아오면 자연스레 냉장고문을 열어보는 버릇이 있었기에 오늘도 별다른 생각 없이 아내의 손때가 묻은 냉장고문을 당겼던 것이다. 냉장고 안에는 몇 개의 페트병과 날계란이 벽면에 가지런히 놓여 있었다. 그리고 선반에는 김치와 간장, 된장 그 사이 왠 이상한 것이 내 눈을 사로잡는다.

<반쪽의 토마토> 나는 랩으로 싸여진 토마토를 보는 순간 소스라쳤다. 가족을 대표하는 가장으로서 가난의 슬픈 비애를 느꼈기 때문이다. 얼른 문을 닫아버렸지만 나는 내 무능을 탓하며 그 자리에서 자괴하는 심정으로 머리를 쥐어박았다. 한참 후 정신을 가다듬고 있을 즈음 아내가 시장에서 뭔가 까만 비닐봉지 하나 들고 돌아온다. 순간, 또 나는 이성을 잃어버렸다. 언성을 높이고 아내의 손에 쥐어진 토마토 봉지를 다짜고짜 빼앗아서 짓이겨 밟았던 것이다.

나   : 그깐 토마토 쪼개서 먹는다고 돈이 봉창되나?
아내 : 되죠!
나   : 어느 세월에?
아내 : 억은 1원부터 시작된 돈 아닌가요?!

이브의 반란

결혼한 지 어언 40년 다 된다. 그러고 보니 오랫동안 잘 버텨준 아내가 고맙기도 하다. 불리하다 싶으면 딴청만 피운다고 늘 내 허물을 핀잔하며 불평하더니 요즘은 그마저 포기했는지 그늘진 얼굴이 영 불안하기까지 하다. 차라리 예전처럼 바가지라도 긁던지 하면 될 것을 왠지 웃음도 잃고 말았다.

나는 아내를 '여보'라고 부르지 않는다. 그야 기분에 따라 다르긴 한데, 보통은 큰딸의 이름을 앞에다 붙여서 '경희엄마'라 부른다. 때로는 '여봐요' 하기도 하지만 좀 기분이 언짢을 때는 '여봐' 한다. 어쨌든 잃어버린 아내의 미소를 찾아주고 싶다. 그래서 나는 아내를 웃길 줄 아는 남편이 되기 위해 이따금 고민을 한다.

우리 집은 광진구 능동에 있다. 5.7호선 환승역(군자)으로 교통의 편리함 때문에 우리 부부는 아옹다옹 부대끼면서도 여태 사는 이유가 된다. 아무튼 아내는 숨 쉬는 레비게이션이다. 내가 가야할 길을 실시간 안내하고 지적하면서 잘 챙긴다. 그리고 해야 할 일과 하지 말아야 할 일들을 구분해서 속도의 완급까지 제시해 준다.

하지만 이브의 반란은 무섭다. 어쩌다가 꽃게잡이 어부처럼 마음이 들뜨는 날은 슬그머니 맨살을 맞대보지만 할머니가 되고부터 아내는 냉혹하다. 우리는 69 형의 잠자리를 한다. 말은 누워서 tv보기 위해 그렇다고 하지만 그것은 변명이다. 이따금 tv 화면이 안 보인다며 다투는 경우가 있긴 하나 내가 코를 심하게 고는 바람에 마룻바닥에서 혼자 자는 것을 봤다. 아무튼 부부가 나란히 자긴 자는데 거꾸로 붙어서 자는 경우가 흔치는 않을 터, 우리는 서로 희한한 버릇이 있는 것은 아닌지...

나는 관심 1순위에서 후순위로 밀렸다. 애들이 클 적엔 애들한테 밀리고 손주가 생기고부터는 손주에게 밀리더니 요즘은 깡순이(애완견)한테도 밀렸다. 그런데 깡순이가 바람이 나서 집 나간 후 아내는 고놈(깡순이)을 개새끼라 부르며 기다리기조차 포기했다. 그래서 나는 나에 대한 관심 순위가 앞당겨졌구나 싶어 좋아했는데 천만에 김칫국부터 마신 꼴이 되고 말았다.

아내는 나보다 꽃을 더 좋아한다. 마당에 아내가 심은 초목들이 빼곡히 서서 내 키를 능가한다. 그리고 날마다 온갖 정성으로 가꾸며 보살피느라 나에 대한 관심은 뒷전이고 오히려 옆에 있으면 거추장스럽다는 듯이 냉혈한 눈빛으로 나를 내동댕이치다시피 한다.

반품남자라고나 할까. 아무튼 후순위 남편은 서럽다. 적금통장 같으면 해약(?)이라도 하겠는데... 아니, 사실은 그래봤자 나만 손해다. 워낙 지은 죄가 커서 지금으로서는 벗기고 내친들 할 말조차 없다.

행복을 고르는 손

아내는 나에게 혼자 사는 연습을 강요한다. 도무지 알 수 없는 이유다. 요즘말로 셀프서비스라고 할까. 각자가 알아서 지지던 볶던 편하게 살자는 말이다. 그래서 나는 가장의 권위를 접수 당하고부터 별수 없이 남편의 위치마저 흔들리는 처지가 됐다. 혼자서 이부자리를 깔고 접고 하는 것은 보통이고 손수 밥을 차려 먹거나 빈 그릇도 치우는 일까지 서슴지 않아야 한다.

그런데 문제는 이따금 사고치는 일들이 생긴다는 것이다. 오늘도 혼쭐이 났다. 나랑 나이가 비슷한 목련의 가지가 하도 더벅머리 같아 전지를 했던 것. 그러나 의욕이 지나쳐서 실수였다. 내친김에 길 갓 쪽으로 뻗어있는 감나무 곁가지 몇 개 쳐냈을 뿐인데 젠장, 가을쯤에는 아무나 보며 즐기는 행복지수인 것을 함부로 잘라낸 것이다. 암담했다. 나는 아내의 노기(怒氣)에 주눅이 들어서 우두커니 밑동만 바라보며 생각을 곱씹었다. 옳다. 나는 한그루 나무를 봤지만 아내는 울창한 숲을 봤던 것이다.

독백과 침묵이 한참 빗물처럼 흘러내렸다. 그러는 사이 호주머니에서 웬 지갑이 손안에 잡힌다. 빛바랜 그 지갑 속에는 아내의 사진과 3만원 지폐가 들어 있었다. 사진도 사진이지만 중요한 것은 돈이다.

예사롭지 않은 그 돈의 정체가 말문을 터주는 유력한 실마리가 되기 때문이다.

지금부터 6개월쯤 됐다. 아내가 **빳빳한** 지폐 석 장을 호주머니에 불쑥 넣어주면서 진지한 태도로 말하는 것이었다.

'입고 외출할 만한 옷이 없어서 친구들 만나면 좀 창피한 생각이 들더라고요. 옛날 것은 너무 구식인데다 몸에 맞지도 않아요. 그래서 부탁하는 건데요 그 돈으로 싸고 당신 맘에 꼭 드는 원피스 하나만 사주세요. 알았죠?'

정말 뜬금없는 소리다. 남자용도 아니고 더구나 자기가 입을 외출옷을 나더러 사달라니- 가만 돌이켜 보니까 여태 살면서 속옷 한 번 사준 일조차 없는 나에게 양심의 정곡을 찌르는 것 같아 뜨끔했다. 아내의 말은 더 이어졌다.

'난요, 패션 감각이 없어요. 당신은 아무래도 보는 눈이 있으니까 집에만 있는 나보다 낫지 않겠어요?'

돌연 궁지에 몰렸다. 순둥이 같은 착한 아내의 말을 정리해 보면 묘한 전율이 불숙 심장을 뛰게 한다. 아내는 웬만한 식구들의 옷은 만들고 고쳐서 입히기도 했다. 그랬음에도 불구하고 정작 자기는 반반한 외출복 한 벌 없이 빈처로 살면서 내색을 안 한 것이다.

나는- 내가 배부르면 아내도 배부른 줄만 알았다. 내가 행복하면 아내도 행복한 줄만 알았다. 내 옷장에 새 옷이 가득하면 아내도 그러겠지 생각했다. 내가 자가용으로 사우나에 가서 목욕하는 동안 아내는 동네 골목시장에서 생선을 사다가 토막을 치며 비린내 씻는 줄도 몰랐다. 나는 친구들과 근사한 레스토랑에서 양식을 먹고 있을 때다. 그

시간 아내는 집에서 찬밥을 먹었거나 라면을 끓여 먹었다고 한다. 나는 그조차 몰랐다. 요즘에 와서는 문학을 한다고 고상한 척 흔들의자에 앉아 그네를 탄다. 그런데도 아내는 커피랑 음료수를 거푸 대주며 영혼의 잔치를 위해서 내조한다.

요즘 나는 가능한 버스나 전철을 이용한다. 그리고 품위와 맵시가 있는 의상을 관찰하기 시작했다. 그것은 3만 원짜리 아내의 옷을 사기 위해서다. 때론 재래시장이나 백화점 앞 노점을 찾기도 한다. 하지만 번번이 허탕 치기가 일쑤다. 그 돈으로는 어림도 없거니와 마음에 썩 드는 원피스가 도무지 눈에 띌 리 없기 때문이다. 하지만 나는 찾는다. 포기하지 않고 꼼꼼히 고를 것이다.

아내의 행복을 고르는 손은 예사롭지 않다. 옷이란 보는 거랑 입는 거랑 다르다기에 내심 걱정이 되면서도 은근슬쩍 묘한 떨림의 파장이 크다. 그렇다. 나는 동화의 전설처럼 날마다 지갑을 매만지며 순둥이 같은 아내의 소박한 꿈을 꾸고 있다.

베트남 며느리

한강의 물고기와 낙동강 물고기는 비슷하지만 다르다. 생김새가 다르고 성격과 사는 방식도 서로 다르다. 가만, 이것들을 큰 호수에서 함께 살게 한다면 어떨까. 보나마나 티격태격 싸울 것이다. 약한 놈은 도망치거나 죽을 것이고 힘세고 지혜로운 놈은 살아서 남을 것이다. 하지만 고놈마저도 대대로 살아온 토착어(魚) 문화에 동화되기까지는 고생이 여간 심할 것이다.

우리 인간은 똑똑한 사람일수록 다른 사람을 자기의 틀 속에 가두려고 한다. 그래서 지구상에 그 많던 부족들의 수가 불과 손에 꼽힐 정도가 됐으며 그마저 문화적인 심한 차별로 위기에 놓였다. 우리도 마찬가지다. 5천년 유구한 역사를 자랑하지만 진정 단일민족으로서 순결한지는 의문이다. 동서 간의 문화교합과 수많은 외세의 침입으로 말미암아 순수한 민족성에 티가 묻고 색깔도 본래만큼 영롱하지 않다고 봐야하기 때문이다.

최근 국제 결혼한 통계를 보면, 외국인과 혼인한 경우가 약 4만 정도라고 한다. 그중에서 외국인 신부가 3만이며, 1만 여명은 외국인을 남편으로 혼인한 통계다. 그리고 그 상대 국가만도 92개 나라가 된다고 하니까 한국은 더 이상 백의민족임을 내세울 이유가 없게 되었다. 사정이 그렇다면 토를 달 까닭도 없다. 결혼에 국경이 없으며 인종도 없고 사상도 없다.

얼마 전에 K형을 만났다. K형은 같은 동네 살면서 오랜 친목계원이기도 하지만 친형제처럼 가정 대소사까지 꿰고 지낼 만큼 흉허물 없이 터놓고 지내는 사이다. 그런데 며칠 전 K형이 술 한 잔 하자고 하시더니 동네 포장마차에서 복잡한 심경을 고백하듯 말문을 열었다.

'자네, 우리 둘 쨋 놈 알지? (알죠!) 사실은 고놈이 지 나이도 있고 해선지 혼자 고민을 많이 했던가 봐. 초혼에 실패하고부터 매일 술만 퍼마고 들어오더니 뜬금없이 맨 정신으로 새장가를 든다 하더라고! 나는 헛소리다 생각했지. 근데, 그것이 아니더라니까! 지그 엄마가 구닥다리 살림을 다 빼내고 부산하게 도배까지 하기에 봄이라서 그런가보다 짐작만 했는데, 거 참, 하고많은 여자 중에서 하필 외국색시를 데려다 어찌 살겠다는 건지... (혹시 월남아가씨?) 맞어! 꿈에도 생각해 본 적이 없는 베트남 며느리를 얻게 됐으니 참말로 남세스럽네.'

며칠 후 다시 같은 장소에서 K형을 만났다. 그런데 의아하다 싶을 정도로 지난번 보다 훨씬 달라진 모습이었다.

'새 며느리가 왔지. 왔는데 한국 사람이랑 똑 같대. 피부가 하얗고 키는 162다던가. 뚱하지도 않고 눈도 커서 겁이 많게 생겼더라고!. 나이 차이가 좀 벌어지는데도 지들은 서로 좋아하는 눈치야. (됐네요!) 천만다행이지. 어제 지그 엄마가 데리고 시장에 갔는데 콩나물 값을 깎더라는 거야. ㅎㅎㅎ 보통내기 아니지? (그러게요), 오늘 미장원 다녀오라고 용돈까지 주었는걸! 내일은 백화점 가서 옷이랑 화장품이랑 사줄 거야!'

나 : 그렇게도 좋아요?

K : 처음엔 무지 고민했지. 말도 통하지 않고 습관도 다를 텐데 어찌 사나 고민이 되더라고. 근데, 막상 만나 보니까 첫인상이 고만하면 됐다 싶더라고!

나 : 부럽네요. 형님은 며느리 덕분에 베트남 여행하실 공산이 커졌네요.

형 : ㅎㅎㅎ 그런가? 갈 때 아우님이랑 함께 가면 되지?!

우리 내외가 K형 댁을 방문하게 되었다. 새 며느리 왔다기에 조금은 설레는 기분으로 집에 들어서자 한복을 곱게 입은 새색시가 '어서 오세요' 하며 서툰 우리말로 맞이한다. 서툰 것은 그뿐만 아니다. 시아버지께서 '빈 접시 하나 가져 오너라' 했는데 그만 '몰라!' 하는 바람에 잘 차려진 상다리가 흔들릴 정도로 금방 웃음바다 되었다. 나는 아내랑 신방을 훔쳐봤다. 신부가 부엌에서 설거지 하는 사이 잠시 호기심이 발동했던 것, 벽에 붙은 주황색 쪽지가 엷은 사탕봉지처럼 눈에 띈다. 인사말 중에서 경어법, 공손법, 존대법, 하대법 등을 적어놓고 옆에 베트남 문자로 토를 달았다. 눈치가 빠른 K형이 중언부언 말씀 하신다. S대학 어학원에 등록했다고- 예절학교에도 입학할 거라며 애써서 변명을 하신다.

사실은 나도 호주로 이민을 갈까 한 적이 있었다. 그땐 딸만 셋이나 되고, 나로서는 외국인에게 시집보낼 수 없다는 이유로 주저앉고 말았다. 그러나 눌러 살면서도 딸 셋 중 좋은 인연이 닿으면 굳이 반대할 생각은 없었다. 다만, 기회가 없었을 뿐이다. 어쨌거나 본의 아니게 평생 동안 토종 살이 하게 됐지만 나는 국제결혼에 대한 편견도 없다.

사람은 언제 어디서나 행복을 추구할 권리가 있다. 나의 불행을 책임져줄 사람도 없거니와 어차피 홀로 서야만 한다. 하여, 사랑과 행복의 실현을 위해서 지구촌 시민이 되어준 그들에게 격려와 박수를 보낸다. 혹여 현실에 급급하여 낯선 이국인과 혼인하게 되었다 하더라도 그들은 일생을 걸고 용감히 망망한 바다를 건넜던 것이다.

우리나라도 벌써 다문화인구 120만 시대에 접어들었다고 한다. 그런 마당에 외국인이라고 해서 비호감이나 부당한 차별은 용서할 수 없는 죄악이라고 본다. 아직은 아슬아슬 공존하지만 이제 다문화의 꽃을 피울 때가 됐다고 보는 바다. 우리 서슴없이 만나자. 만나서 서로 사랑하자. 그리고 결혼도 하자. 우리의 행복을 우리가 만들자.

진품명품

우리가 함께 산지도 40년 코앞에 왔다. 시집 올 때 혼수품으로 가져온 재봉틀이며 장롱과 고리짝도 그쯤 세월의 때가 묻었다고 봐야한다. 吳마담(아내)은 워낙 옛 것에 대한 애착이 강하고 평소 버리지 않는 성품 때문에 그야말로 우리 집은 골동품 박물관이라고 놀림을 받지만 별로 상관 하지 않는다.

그중 난쟁이 재봉틀(손재봉틀)은 吳마담의 애장품으로 아직 사용 중인 개발과도기 제품이다. 난쟁이재봉틀은 일명 앉은뱅이 재봉틀이라고도 한다. tv 진품명품 코너에 내놓아도 손색이 없을 정도 고물이 다 돼서 덜컹덜컹, 그래도 옷을 깁거나 줄이고 늘리는데 요긴하게 쓰인다. 吳마담은 요즘 바쁘다. 고만고만한 꼬맹이들(3손주)의 옷까지 고쳐주느라 마실 다닐 여가조차 없다. 힘이 부친다면서도 고놈들을 엄마 대신 챙겨주는 것이 거의 일과다.

오늘도 마담은 새로운 문명에 도전한다. 유연한 손동작으로 완급이 조절되고 마치 숲을 헤치며 길 내듯 천을 깁는다. 나는 옆에서 묘한 모성애 같은 느낌을 받는다. 평소 자주 봐오던 모습인데도 왠지 오늘따라 吳마담의 깊은 가슴에 묻히고 싶다고나 할까. 겨울 커튼으로 가려진 방안에 다각의 형광불빛이 조명처럼 반짝거린다. 그런데 아마 북실이 끊어진 모양이다. 고갤 땅에 대고 더듬대며 바늘귀 찾는 모습이 어쩜 그토록 안쓰러울 수가... 나는 부엌으로 갔다. 따끈한 숭늉이라도 끓여줄까 해서다. 이럴 땐 커피가 제격이지만 못마담은 커피보다 숭늉을 더 좋아한다.

내가 부엌에 서성댄 지는 삼식이 때부터다. 빈둥빈둥하는 처지에 하루 세 끼니 다 찾아 먹자면 눈치 보일 때가 많다. 그래서 처음엔 적응이 힘들지만 이골이 나면 요령도 생긴다. 숭늉은 누룽지가 있어야 한다. 누룽지를 만들 땐 주의와 인내가 필요하고 까딱하다 태우거나 설익히는 등 문제가 생긴다. 과정은 단순해도 빵을 굽듯 마음의 정성이 더해져야 고소한 제 맛이 나온다. 이른바 '느리게 사는 법' 그것이 누룽지 철학이다.

가스에 불을 댕겼다. 엷은 냄비에다 밥 한 공기 반 정도 납작 깐 다음 불꽃을 최대한 줄였다. 20분 후 되작댈 양으로 시간 예약까지 해두고, 내 딴에는 신경을 쓰면서 기다렸다. 그런데 막간에 엉뚱한 일이 생겼다. 전혀 생각지도 않았던 친구가 찾아온 것이다. 지나가다 생각이 나서 들렸다고는 하지만 순간 창피도 하고 더구나 아내가 골몰히 재봉질하는 중이어서 몹시 당황했던 것. 그래서 다짜고짜 밖으로 내몰다시피할 수밖에...

다방에서 친구를 통해 이런저런 고향 소식을 들었다. 그가 나보다 검긴 해도 훨씬 어른스럽고 속이 여물어 보인다. 농사는 잘 짓는가 물었더니 손을 내 저으며 노인들뿐이라서 재미없단다. 그리하여 핑계 삼아 서울에 방 한 칸 얻어 놓고 아무 때나 왔다갔다 번갈아 산다고 한다. 아니, 서울 사람이 별장에서 주말농장을 관리하며 산다는 말은 들어봤지만 그 친구가 그런다니까 도무지 실감이 나지 않았다. 좋겠네 하면서 내가 한없이 작아지는 순간 머리는 더욱 복잡해진다. '술 한 잔 할까?' 하면 '그러지' 할 것 같았다. 그러나 나는 끝내 말을 아꼈다.

친구와 헤어졌다. 그러고 나서야 누룽지 생각이 났다. 죽어라고 뛸 수밖에... 단숨에 달릴 수 있는 거린데 몸이 마음을 따라잡지 못해 지척이 천릿길 같았다. 아니 다를까. 현관문을 여는 순간 냄새가 진동하고 연기도 자욱했다. 냄비는 까맣고 손잡이 하나가 흉한 모습이다. 이런! 급한 김에 가스밸브를 잠그려고 손을 뻗었으나 왠지 아내의 손목이 잡힌다. 이미 아내가 간발의 차이로 수습을 한 뒤였으며 나는 가슴을 쓸어내려야 했다. 결국 내심의 깜짝쇼는 불발로 끝나고 말았다. 모처럼 자상한 남편이 되고자 했으나 그마저 뜻을 이루지 못하고 허사가 되었던 것이다.

'다행이네요. 하마터면 불낼 뻔했잖아요?'

아내의 간결한 말이 나를 안심시킨다. 그러더니 보리차 한 잔을 내놓는다. 아까 다방에서 친구랑 마신 커피 맛과는 영 다르다. 그냥 끓인 물인데도 분위기가 다르고 느낌도 다르다. 하긴, 아내란 존재는 청년기 땐 연인이요, 중년기엔 친구며, 노년기에는 간호사라고 한다. 그렇다면 아내에게 남자란 무엇일까. 청년기 때는 철없는 애인이지만 중년기엔 떠돌이 하숙생이요, 노년기에는 '돌아온 삼식(三食)이'가 아닐지... 나는 오늘 아내의 명곡을 듣는다.

우리가 한날 같은 시에 죽을 수 있다면 더 이상 행복이 없지요 당신 미울 땐 먼저 죽고 싶더니 情이지요 그대가 이처럼 고우시니 무병으로 소원 다 이루고 사흘만 앞서 가시구려 생전에 골이 파여진 얼굴을 내 손으로 다듬다듬 어르고 거친 북망산천 길목마다 노잣돈 놓아 드리겠어요

(졸시 思夫曲 일부)

2부 바람의 뿌리를 찾아서

家 & 冢

나는 언제나 글을 쓰기 전에 커피부터 마신다. 그리고 조용히 구실을 찾는다. 커피 한 잔에 생각의 실마리가 풀리기 때문이다. 요즘 우리나라 평균 수명이 선진국 수준인 80세라고 한다. 다행이다. 이에 멈추지 않고 향후 20년 후에는 100세가 넘을 거라는 추세다. 그래서 80은 돼야 노인행세를 할 수가 있고, 90 넘으면 그때서야 어르신 대접을 받는다.

우스갯소리지만 사람은 누구나 죽을 땐 -껄 -껄 -껄 하고 숨을 거둔다고 한다. '-껄'이란 '재밌게 잘 살 껄' '다 용서 할 껄' '더 사랑 할 껄' 등등 자기가 살아온 생애에 대한 반성과 후회를 한다는 말이다. 그렇다. 후회를 안 할 만큼 행복하게 산 사람도 없을 것이고 부끄럽지 않을 만큼 떳떳하게 산 사람도 드물 것이다. 그러나 솔직히 말해서 노인이 좋을 때도 있다. 고령이 자랑할 것은 못되지만 해마다 노인복지 예산이 늘어나는 것으로 봐서는 장차 노인사회가 그다지 비관할 일만은 아니기 때문이다.

산자의 집은 家(가)다. 그리고 죽은 자의 집을 冢(총)이라고 한다. 하지만 산자와 죽은 자 차이는 획(,) 하나, 그것이 이승과 저승과의 구분이다. 그러므로 산다는 것과 죽는다는 것은 家에서 冢으로 이사하는 것이다. 사람들은 종교를 믿는다. 혹여 저승에 대한 두려움 때문일지 모른다. 그러면서도 사람들은 이승의 생활에 대해서는 동의하지만 저승의 삶에 대하여는 호락호락하지도 않다.

누구나 나이가 들면 한번쯤은 죽음에 대해서 고민하게 된다. 과거에 대한 애착이나 미련을 즐기며 사후에 일어날 수 있는 일들을 상상한다. 그리고 기왕이면 열심히 바르게 살아야 한다 하면서도 생각대로 사는 사람이 그다지 많지 않다. 하지만 근사한 꿈과 희망은 살아 있는 자의 권리이며 성공을 아름답게 만든다. 예컨대, 더는 추하지 않고 지금 이대로가 내 청춘의 절정이라고 믿는다면 지금의 아내와 자식들과 그리고 친구들이랑 함께 공도 차며 야구도 하면서 이야기를 꾸며갈 수 있을 것이다.

옛날 황희정승께서 연못에 빠진 엽전 한 닢을 종에게 주워오도록 시켰다고 한다. 그리고 그 종이 엽전을 건져오자 황희정승은 종에게 엽전 세 닢을 줬다고 한다. 얼핏 보면 황희정승이 손해 보는 것 같지만 결과적으로는 두 사람 모두 만족할 만한 결말을 보여준 것이다. 산다는 것은 정직을 구현하는 일이다. 한가한 노년의 행복을 위해 지금 내가 해야 할 일과 해서는 안 될 일들을 가려서 실천에 옮겨야 한다.

(참조: 아름다운 노인으로 사는 법 13가지)

동심과 동행

나는 감나무가 되고 싶다. 아직은 초록빛이지만 하얀 감꽃을 목에 두르고 달콤하게 살다가 빨갛게 영글고 싶다. 나중에 까치밥이 되면 될지라도 나는 감나무 되고 싶은 것이다.

여섯 살배기 외손자가 왔다. 고놈이 와야 비로소 우리 집은 생기가 돌고 부산해 진다. 오늘도 예외가 아니다. 늦가을 알싸한 바람 탓에 모자를 꾹 눌러쓰고서 '할머니, 나 왔어요!' 한다. 그리고 방에 들어서자마자 모자를 휙 벗어던지고 그동안 공부한 것을 자랑삼아 발표하기 시작한다.

日(날일) 月(달월) 火(불화) 水(물수) 木(나무목) 金(쇠금) 土(흙토)

한글도 쭉쭉 읽었다. 지난주에는 더듬더듬 하던 아이가 그림책 한권을 금새 다 읽고 설명까지 한다. 그리고 나서 잽싸게 마당으로 달려가더니 가장 낮은 가지에 매달린 감 한 개를 따가지고 왔다.

祖 ; 아직 익지 않아서 떫을 텐데...?
孫 ; 익었어요! 엄마가 빨간색은 여물어서 그렇대요!
祖 ; 그래도 그렇지, 한창 된서리 맞아야 홍시가 되는데...?
孫 ; 괜찮아요! 내 이빨은 틀니가 아니라서 얼마든지 깨물 수 있어요!

祖 ; … …

고녀석이 방바닥에 엎드려서 크레파스로 그림을 그린다. 가만 보니 할머니 할아버지가 나란히 서있는 모양 같은데 왠지 좀 이상해 보인다. 할머니 얼굴은 빨갛게 그렸고 내 얼굴은 까맣게 먹칠을 해 놓은 것이다.

祖 : 이 그림 누굴 그린 그림이냐?

孫 : 오른쪽은 할머니고요 왼쪽이 할아버지예요.

祖 : 근데, 할머니 얼굴은 참 예쁘게 그렸는데 할아버진 좀...

孫 : 왜냐면요. 할아버지보다 할머니가 나를 더 칭찬해 주시니까요.

祖 : 오, 그래! 그래서 넌 할아버지보다 할머니가 예쁜 게로구나.

孫 : 할아버지 삐졌어요? 오해 마세요! 할머니 얼굴은 하얗고 할아버진 검게 생겨서 시꺼멓게 그린 것뿐이예요.

祖 ; … …

섬김의 지게

늘으신(92) 아버지를 지게에 업고 금강산 유람한 아들의 효심이 세상에 감동의 파문을 일으켜 번졌다. 노환으로 거동이 불편하신 아버지를 금강산 여행 한 번 보내드리고자 고심하던 중 어릴 때 나무하던 기억이 떠올라서 지게에 모시고 금강산 구경을 하게 되었다는 것이다.

정말 기발하다. 부모에 대한 효심이야 누구나 가질 수 있다고 보지만 지게를 이용한 효행은 그리 쉬운 일도 아니며 흔한 일도 아니다. IMF 이후 가족생활형태가 많이 변했다. 정상적인 부부생활 하면서도 의도적으로 자녀를 두지 않는 새로운 맞벌이부부(딩크족)들이 두드러지게 많아졌다. 이와 같은 현상은 집부터 마련하고 경제적으로 안정된 후 아이를 갖겠다는 그들의 생각인 것이다.

그렇다. 그러한 가치관의 혼돈으로 가족의 연대감이 깨지고 말았다. 가정의 소중함도 실종되었다. 그리하여 건강한 사회의 근간이라고 할 수 있는 윤리와 도덕이 병들고 망가졌으며 실종되었다. 가르칠 만큼 가르치고 배울 만큼 배웠지만 파렴치한 아들이 노약한 부모가 짐이 된다는 이유로 내쫓거나 해외에다 버리고 도망치는 신종 '고려장'이 생겼는가 하면, 심지어 재산을 빼앗을 목적으로 폭행하고 살해하는 잔악무도한 패륜아가 이따금 세상을 경악시킨다.

참으로 유감이다. 그들이 대다수 선량한 사람들과 함께 산다는 것은 정말 슬픈 일이며 공분하는 바다. 자식이 부모에게 저지른 불효가 비록 사형에 처할 죄는 아닐지라도 정녕 면죄부를 줄 수는 없지 않는가. 그런 의미에서 볼 때 그 어느 때보다도 인성교육의 필요성이 요구되며 섬김의 지게는 우리 사회에 신선한 충격과 감동을 준다할 것이다.

옛말에 생선 싼 종이에서는 비린내가 나고 향을 싼 종이에서는 향내가 난다고 했다. 대장간에서 대장장이가 생기기 쉽다는 짐작은 누구나 가능하다. 한마디로 부모는 자식의 반면교사다. 내가 그리 되고 싶으면 지금 그리하면 된다. 내가 부모에게 어떻게 했느냐 따라서 자식을 통해 반드시 효가 돌아오기 때문이다. 그렇다고 무작정 순종하는 것만 孝라고 생각하는 것은 무리다. 옛날에는 부모가 팥을 콩이라고 해도 '예'하고 대답하면 됐다. 하지만 지금은 제 몸 하나 간수 잘하면 효로써 훌륭하다. 출세나 성공도 중요하지만 부모의 근심을 덜어주는 것이 효다.

이른바, 때를 잘 맞추는 것도 지혜다. 孝는 산교육이며 스스로 섬기는 봉사다. 효도하고 싶지만 부모가 안 계시면 그조차 소용없다. 꼭 학습을 통해서만 가능한 것이 아니라 평소의 행동으로 모범을 보여줌으로써 대신할 수 있다고 본다. 돌아가신 후 제사상 앞에서 울고불고 하는 것보다 생전에 사소한 것일지라도 부모의 마음을 헤아리는 행동이 중요하다고 보는 바다.

풀 베던 소녀

고얀 놈들이 굴렁쇠로 고샅길 누비며 천기를 모았다.
마을 사람들은 좁은 길 비켜주면서 한마디씩 하곤 했지.

'고놈들 신났네!'

나는 자주 풀을 베었다. 우리 집은 짐승이 없으므로 퇴비용 풀만 베
었던 것. 하지만 퇴비마저도 농토가 없으니 소용이 없었다. 그러나 소
용없다고 쓸모가 없는 것은 아니다. 내가 어른들처럼 풀 베어서 제단
모양으로 단을 쌓으면 아버지가 똥지게로 거름이랑 퇴비를 만드셨다.
그리고 어느 정도 숙성이 되면 그때서야 부락 이장님께서 서열을 매기
고 칭찬까지 아끼지 않았다.

'이번 주에는 니가 1등이야!'

사실은 1등을 해도 칭찬이 다다. 그렇지만 그 칭찬이 또 풀을 베도록
했다. 마침내 상(上)구역에서 우리 동네가 우승을 차지하여 그 상품(시멘
트)으로 징검다리이던 개울에 튼튼한 콘크리트 다리를 놓을 수가 있었
다. 나는 다리를 건너 마냥 나들이 다녔다. 이웃 마을에 나와 가장 친한
여자 친구가 살고 있었기 때문이다. 그 애는 마음이 착하고 예쁘기도
하지만 낫질을 곧잘 하는 소녀다. 그 애는 아주 여린 풀만을 베곤 했는

데 우리는 그것을 '토끼풀'이라 불렀다.

토끼풀은 토끼의 먹이다. 외갓집에서 엄마가 토끼를 처음 가져왔다고 한다. 그 후 그 애는 풀 베는 아이가 되었고, 그가 기른 토끼가 나중에 커서 요긴한 학자금까지 되었다고 한다. 암튼 토끼장은 꼬맹이들의 동물원이나 다름없었다. 임신 후 석 달 만에 태어난 새끼도 새끼들이지만 뾰족한 입으로 야금야금 대는 모습이 너무 신기했던 것이다. 우리들은 쭈그리고 앉아서 풀을 주느라 해가는 줄도 몰랐다.

그 애와 나는 함께 풀 베는 날이 많았다. 꼴망태 꾸역꾸역 채워봤자 칭찬이 다지만 우리는 마냥 신이 났다. 나는 부지런히 그 애 몫까지 풀을 베고, 걔는 꼬박 곁에서 기다려주곤 했다. 그리고 우리의 눈빛이 서로 맞닿을 때마다 그까짓 일로 괜히 얼굴 붉어졌었다. 묘한 눈빛은 묘한 감정의 표현이었다고나 할까. 하지만 지금 나는 먼발치에서 어린 시절에 취하고 그리움에 젖는다. 바람이 멈추면 그제야 알몸으로 바다에 뛰어드는 해녀처럼 나도 이따금 한줌의 온기를 돋우며 동심에 파묻히고 만다.

우문현답(愚問賢答)

영국의 말로리(1886-1924)는 일생을 에베레스트 등정에 바친 알피니스트였다. 어느 날 기자가 '왜 선생께서는 산에만, 그것도 에베레스트만 오르려고 하십니까?' 하고 묻자 그는 다음과 같이 대답했다. 'because, it is there! (왜냐, 거기 산이 있기에...)

산이 우리를 부른다. 계절에 따라서 생성과 소멸을 거듭하며 과묵한 자태로 우리들을 유혹한다. 거기에는 어김없이 미려한 능선과 울창한 숲이 있고 착한 짐승들이 숨을 고르는 곳이다. 따지고 보면, 우리도 자연의 일부분이다. 꽃처럼 피었다가 꽃처럼 시든다. 다만, 산과 교감은 만남에서부터 시작된다. 자연의 이치에 따라 생활의 지혜를 터득하고 슬기로운 삶의 영토를 넓혀가는 것이다. 산은 앉아 있는 것 같지만 언제나 우리를 내려다본다. 산이 말하기를- '어서 오시게!' 한다.

그렇다. 좀 유명하거나 빼어난 산일수록 사람들이 붐빈다. 하지만 명쾌한 산행(등산)은 가벼운 차림일수록 좋다. 산다는 것도 그런 게 아닌가. 욕심을 버리고 산다는 것이 결코 쉬운 일은 아니지만 일단 마음을 비우고 나면 행복하다. 또한 산은 생각하는 실마리를 풀어준다. 꽉 막혔던 가슴을 터주며 복잡한 생각들을 정리하는 시간적인 여유를 주기에 다시금 용기를 얻는다.

왜 사는가? 바보 같은 질문이지만 대답이 암담하다. 살기 위해서 사는(능동적) 것인지 그냥 사니까 사는(수동적) 건지 알 수가 없다. 그런데 우문현답이라고나 할까. 산이 명답을 말해준다. '사는 것이 가장 쉬운 방법이니까...'라고

역시 질문에 대한 바보 같은 대답이긴 하나 나는 동의한다. 사는 것이 때론 지겹고 슬프고 구차하지만 그래도 왜 사는가에 대한 이유가 있기 때문이다. 흔히 불행한 사람은 죽지 못해서 산다고 말한다. 행복한 사람은 행복하니까 산다 한다. 그리고 생각이 없는 사람은 태어났으니까- 쪼들리는 사람은 먹기 위해서라고 구실을 댄다. 그렇다. 살만한 가치가 단 한 가지 조건만으로도 충분히 살아가는 이유가 된다. 잘살고 못사는 그 차이뿐이다.

행복은 눕혀놓고 다짜고짜 빼앗을 수가 없다. 정작 행복하면 그 행복에 깔릴까 봐서 또 근심이 생긴다. 하긴 그래봤자 다 부질없는 것, 그냥 살자. 아무리 화려한 죽음도 천한 생명보다는 못하다. 험하고 고통스러워도 몸에 묻은 먼지나 툭툭 털어내면서...

에덴의 손

괴테가 노년에 관한 말을 남겼다.

사람은 누구나 늙어가면서 건강, 친구, 돈, 일, 꿈을 잃게 된다는 것이다.

그것은 피할 수조차 없는 숙명 같은 것. 우리는 상실해 가는 자기 정체성에 대하여 습관처럼 관조한다. 어차피 인생이란 맨 나중 남는 것이 고독과 허무뿐이다. 그러나 우리는 이따금 지나온 자기를 본다. 종래에는 짠한 시름이 될지라도 저마다 고독과 허무 속에서 황혼을 맞이하는 것이다.

나는 종종 고독과 만나 허무 이야기를 한다. 때론 웃음이 나고 아쉽기도 하지만 회한의 창에 우울한 모습이 뜨고야만다. 무엇 때문에 그토록 거친 숨을 몰아쉬며 달려 왔는지, 나는 내 이름이 새겨진 문패 앞에서조차 당당하지 못하고 초라한 모습을 보게 된다. 왜 이럴까. 의문의 꼬리는 이어진다.

나는 많은 유혹에서 자유롭지 않았다. 그것들과 의기투합하는 동안 모처럼의 행운은 줄행랑을 치고, 그렇다보니까 도망친 행운이 다시 찾아 올 리가 없었다. 행여 왔다손 치더라도 온전할 까닭이 없기에 그사이 나는 나를 잃고 말았다. 솔직히 말해서 세월 탓도 아니다. 오직 '나'

만을 위한 거칠고 고집스러운 열정 때문에 일과 돈, 친구, 그리고 황홀한 꿈조차 잃어버리고 요즘엔 심미와 허무 세계를 드난살이 하며 숨은 그림찾기에 공을 들인다.

하느님은 은촛대를 훔치고 그 대신 금촛대 놓고 가셨다 한다. 훔치는 도구는 손이었다. 손이란, 쉴 새 없이 우리에게 삶의 수월성을 제공하는 일등공신이다. 그러나 역할분담이 잘못 사용되는 경우 과욕의 손이거나 부끄러운 손일 경우가 많다. 깨끗하지 않고 떳떳하지도 않은 부정한 손은 보기엔 튼튼해 보일지라도 곰배팔이 손보다 나을 것이 없다.

나 또한 그러하다. 버릴 것과 가질 것을 구분하지 않고 빈 쭉정이만 골라잡는 어리석은 자가 되었다. 그리하여 고독과 허무를 자초하는 이즘의 결과를 초래했으며 회한의 잔을 마신다. 하지만 후회해 봤자 소용도 없다. 누가 나의 절대빈곤을 채워줄 것인가.

노회(老獪)의 전략이라나 할까. 이제 반(半) 손을 갖고 싶다. 한 손은 나를 위해서 작으면 작은 대로 살고 느리면 느린 대로 살겠지만 비워둔 그 반 손이 나보다 남들을 생각하는 도우미가 되고 싶다. 만약, 두 손에 무엇인가 쥐어져 있다면 도저히 더 좋은 보물을 받아들 수 없다. 나도 위하고 남들도 보살피는 손으로 이 고독과 허무를 물리치고 싶은 것이다.

반손, 손을 내밀면 잡아주는 것이 세상의 이치다. 세상 빈 곳에는 고통과 시름뿐이며 누군가의 도움이 필요한 곳이다. 내 반 손이 남을 위해 쓰이는 동안 또 누군가가 나를 어루만져 줄 것이다. 그리하여 사회가 보다 훈훈해 지고 풍요로운 삶의 가치를 만들어 간다. 정말 나의 반 손이 행복을 만지작거리는 손이 된다면 좋겠다.

힘과 지혜

어느 날 호랑이가 '어흥!' 하며 토끼 앞에 나타났다. 잔뜩 겁에 질린 토끼, 죽어가는 목소리로 호랑이에게 맛있는 생선을 먹게 해 주겠다고 약속한다. 그런 다음 호숫가에서 '호(虎)선생! 잠시만 꼬리를 물에 담그고 계셔 봐요. 고기들이 모여들 테니까요.' 어리석은 호랑이는 토끼가 시키는 대로 물속에 깊숙이 담그고 기다렸다. 하지만 한참 후 영하의 날씨에 물이 얼면서 꼬리까지 꽁꽁 붙고, 그 바람에 호랑이는 꼼짝할 수 없게 되었다. 이윽고 토끼는 무사히 도망칠 수가 .있었으니 …

(전래동화).

아무리 힘이 강해도 지혜를 이길 수는 없다. 소에게는 우직한 힘이 필요할지 모르지만 지혜를 모르고서야 평생 고생이다. 마찬가지, 기름진 땅과 잘 여문 종자를 가진 농부라 할지라도 그것을 부리는 지혜가 부족하다면 좋은 수확까지 장담할 수는 없지 않는가. 지혜란 새로운 광명이다. 지금까지 잘 모르고 지내던 것과는 달리 신비로운 경험인 것이다. 하지만, 지혜는 선천적으로 타고난 재주가 다 아니다. 공들이지 아니하고 그냥 얻어지거나 생기는 것도 아니다. 피나는 노력의 결과다. 교육과 학습을 통하여 지혜의 발판을 만들고 삶을 도모하는 생활의 합리적인 수완이 곧 지혜다. 다시 말해서 산다는 것은 막무가내 힘으로 밀어붙이는 것이 아니라 명쾌한 지혜로 보다 나은 자신의 본질에 접근하는 것이다.

사실 여러 사람들의 행복을 도모하기 위해서는 양지바른 내 자리를 내놓아야 한다. 그런데 그것이 만만치가 않다. 또 한편으로는 나의 행복을 위해서 남의 자리를 넘보거나 빼앗아야만 가능하다. 그래서 문제다. 대명천지 도시의 복판에 이따금 화염이 뿌옇게 덮고 때로는 물대포가 배꽃처럼 물안개를 피운다.

서글프다. 민주주의도 서글프고 복지국가도 서글프기만 하다. 그런데 묘한 것은, 그토록 증오심이 불타던 민중들도 식판을 들고 지나갈 때만은 경찰관에게 길을 터주고, 이에 경찰관은 길바닥에 쭈구리고 앉아서 식판을 비운다. 불문율의 휴전이라고나 할까. 사활을 건 정의의 전쟁터에도 기적 같은 일들이 만들어지는 것이다. 가만 보면, 약아빠진 쥐도 쥐끼리는 뽀뽀한다. 우리도 가난하지만 뽀뽀하며 살 수는 없는 것인가.

사랑에 대하여

똑같은 사물 앞에서 어떤 이가 형편없는 고물이라고 말한다. 또 어떤 이는 그것을 아주 귀한 보물이라 한다. 혹은 고물도 아니고 보물도 아니다 하는 사람도 있을 것이다. 인연이란 참 묘한 것이다. 세상의 이치가 짝으로 이루어졌다 하지만 하고많은 것 중에서 나와 만남을 생각하면 할수록 신기할 정도다.

이른바, 제아무리 아름답고 향기로운 꽃도 멀리서 보면 그 가치를 모른다. 그렇다 하여 지나치게 가까이에서 보면 그 또한 마찬가지다. 아무리 황홀할지라도 그것은 곧 싫증이 나고 너무 짧게 봐도 최상의 가치를 기억할 수가 없게 된다. 그러나 사랑은 심오하다. 곁에 있거나 멀리 떨어져 있어도 변함없는 것이 사랑이다.

세상에서 사랑보다 더 아름다운 것도 없다. 이보다 재미있는 것도 없다. 하지만 세상에서 흔한 것이 사랑이다. 어떤 공식이나 기준도 없다. 사랑은 주고받기도 하는 것이기에 격정과 아쉬움으로 살아야 하는 이유를 설명한다. 그리고 사랑은 완성된 묘사를 지향한다. 그 사람의 운명을 선하게 만들고자 세심한 배려를 하며 각별히 보호하는 마음으로 상처 입히는 것조차 두려워한다. 바보를 천재로, 천재를 바보가 되게도 하는 불가사의한 것이다. 그래서 사랑은 은밀한 예술이다. 알쏭달

쏭 야릇한 것, 새콤달콤 아름다운 것, 알콩달콩 재밌는 것.

사랑은 전혀 예상치 못한다. 바람과 같은 것이기도 하고 외계인 같은 존재이기도 하다. 또한 사랑은 꽃과 같은 거다. 보면 볼수록 미소가 아름답고 향기도 그윽하다. 하지만 내숭이 여간 아니다. 요염한 몸짓뿐만 아니라 눈빛조차 부시고 천사의 목소리를 닮았다. 이에 하느님은 시듦을 보신 후 눈물도 주신다.

자동차가 서로 돌진한다면 그 충격은 대형 사고다. 사랑은 마주보고 돌진하는 것이 아니라 나란히 한 곳을 향하여 완급을 조절하며 달리는 것이다. 사랑은 가치와 가치의 융합이며 개성과 개성의 조화다. 서로 마음이 통하면 그때부터 묘한 세상이 열리고 가장 헌신적인 경험을 열정적으로 하게 된다. 하지만 살면서 이따금 땅이 갈라지는 아픔과 무심히 흐르는 강의 고독을 만난다. 그래서 어쩔 수 없이 그냥 바라만 보는 강가의 가로수처럼 그리움에 젖은 슬픈 나무가 되기도 한다.

사실 만남과 이별은 단순한 논리로 따지자면 부단한 지킴과 부단한 빼앗김의 차이일 뿐이다. 그러나 이별 뒤엔 다 녹아 없어진 솜사탕처럼 공허하다. 이별은 애절한 여운과 슬픈 기억을 남긴다. 그리하여 눈물과 아픔은 사랑이 남긴 가장 아름다운 고백이다. 분노와 증오도 사랑의 변주이며 잃어버린 반쪽에 대한 아름다운 불륜이다.

요새가족(要塞家族)

　살다보면 버릴 것과 버리지 말아야할 것들이 생긴다. 함부로 잘못 선택했다가 후회하고 또한 후회해봤자 소용없게 된다. 그래서 인내와 생활의 지혜가 필요하다고 하는 것이다. 하지만 그마저도 고민을 안고 있다. 언제까지 미련한 곰탱이가 될 수는 없으므로 참을 것이냐 말 것이냐를 두고 다시 생각해야 하기 때문이다. 산다는 것은 산을 넘고 강을 건너야 하기에 이래도 저래도 만만치가 않다.

　우리나라가 지구촌 중심국가로 우뚝 서면서 사람들의 가치관이 몰라볼 만큼 변했다. '신자유인' 물결이 바로 그것이다. 신자유인(新自由人)이란 한마디로 거추장스런 사회적 틀에서 벗어나려는 새로운 문화 집단을 말한다. 누구로부터 간섭을 배제하며, 누가 뭐래도 하고 싶은 대로 살아가는 것이 그들의 생활방식이다. 그들은 그들의 이성관계도 도덕적 관용을 훨씬 뛰어넘는다. 만나고 싶은 때 만나고 아무 때나 부담이 되면 굿바이 한다. 사랑하다 이별하고 다시 사랑이 싹트면 헬로우 하는 것이다.

　그래서 가정이 흔들리고 나아가서 뿌리 채 뽑히는 경우가 많다. 다시 말해서 쉽게 만나 쉽게 헤어지는 풍토 때문에 해체되는 가정이 늘고, 이를 옛날에는 풍비박산(風飛雹散)이라 했다던가. 버려진 아내, 버려진 남편이 불명예스럽게도 OECD(경제협력개발기구) 국가 중 1위라고 한다. 비단 버려지는 것은 그들뿐만 아니다. 버려진 부모와 버려진 아이들도 이 시대 결손가정의 고아들이다.

후배가 왔다. 5년 전에 주례를 서준 바 있는 고향 후배다. 그런 인연으로 더욱 가까이 지내던 터인데 왠지 신수가 좋지 않아 보인다. 아니 다를까. 이번 추석에 성묘 다녀왔냐고 물었더니 고갤 숙인다. 부모님 안부를 물었을 땐 눈시울이 붉어지고 젖는다. 나는 다시 물었다. 애들이랑 엄마랑 잘 사냐고... 그러나 대답은 엉뚱했다. '선배님, 저 이혼 중이예요.'

푸른 하늘에 날벼락 같은 소리다. (결혼한 지 얼마 됐다고...!) 괘씸한 생각이 들었다. (아이는 어쩌고?) 불쌍한 마음도 생겼다. (이 험한 세상 혼자 살 거니?) 측은하게 보인다. 그러나 후배는 이혼하지 않고서는 배길 수가 없다는 것이다.

옛말에 '예서 들으면 이 말 맞고, 제서 들으면 그 말이 맞다.'고 했다. 아무튼 후배 말은 그녀가 교만에 빠진 피곤한 성격의 소유자며 개성이 아주 강하다 한다. 세상에서 가장 똑똑하고 잘난 여자인양 어디서나 거침없이 -체하는 한마디로 대가 센 여자라는 것이다. 그처럼 아무나 못 말리는 여자이기에 밖에서나 집에서도 독단이 이만저만 아니다 한다.

예를 들면, 여차여차 어렵게 아들을 낳았으므로 이해는 하지만 아들에 대한 애정이 너무 과하다고 한다. 이제 겨우 세살 박이에게 천재교육 시킨다며 유아용 시리즈 동화책을 고가로 구입해 쌓인 것만도 키를 넘을 정도라니 엄마의 극성이 짐작되는 바다. 마치 세상에서 자기만의 고품격 육아교육인 것처럼 자기식의 영재교육으로 이 시대의 훌륭한 인물을 만들어내겠다는 포부다. 그러다 보니까 남편은 뒷전이다. 전혀 관심이 없으며 오히려 애기에게 부담이 된다고 tv시청도 할 수조차 없을 뿐만 아니라 보채기라도 하면 밤새 지켜봐 줘야 했다고 한다. 다행히 요즘은 좀 커서(4) 시름을 더나 했는데 웬걸 점입가경이라고나 할까. 세상의 안목을 넓혀준다는 구실로 남편의 자동차까지 압수해 식물원과 동물원, 산도 바다도 보여준다고 난리법석이란다. (하기야, 요즘 신세대 엄마들의 교육열이 오바마 (미국)대통령에게까지 감동을 줄 정도니 나로서는 달리 토를 달 생각이 없지만...)

후배의 하소연은 끝이 아니었다. 그녀는 동물 마니아라고 한다. 집에 애완견만도 서너 마리 되는데 작은 아파트 좁은 방에서 버티기가 힘들다고 한다. 더구나 박봉에다 월급의 반 정도 대출이자로 마이너스 가계지출(그래서 직장 끝나고 매일 새벽 한시까지 대리운전 한다고 했다.)하고 있는 판에 사료 값이 만만치 않은데도 막무가내 고급사료(양고기, 소고기 등)를 고집한다는 것이다. 다시 말해서 소득보다 씀씀이가 지나치다는 것.

후배가 아내에게 조용히 말했다고 한다. 그러한 소비습관을 지적하면서 '이제 아들이 어느 정도 컸으니까 유아원에 맡기고 전에 다니던 백화점 판매사로 취직해볼 의향이 없느냐'고, 그러나 그 말이 이혼의 빌미일 줄이야, 무능한 남편 만나 구차하게 사는 것도 억울한데 돈까지 벌어라 했대서 불문곡직 이혼의 사유가 되었다 한다. 마치 미리서 작심해둔 것처럼 말마디 꼬투리를 잡고 여러 사람들의 만류에도 완강하다는 것이다. 후배도 마음을 굳힌 듯싶었다. 이제 서로가 건널 수 없는 강을 건넜다며 울먹였다.

나는 후배에게 술 한 잔 건넸다. 딱히 할 말도 없지만 묘수가 떠오르지 않았다. 한참 후 내가 한 말은, '깨진 쪽박을 다시 이어붙일 수는 있으나 그 자국이 남는다.'고- 하지만 내 마음도 편할 리 없다. 어찌

보면 이래도 한 세상 저래도 한 세상일 뿐인데 참고 사는 것도 지혜라는 생각이 들었다. 나는 후배에게 아무 탈이 없기를 기도한다.

똑똑한 달력

예쁘장하고 똑똑한 명품달력을 선물 받았다. 손수 만든 12장짜리 아담한 크기의 달력인데 그달의 주제에 맞도록 시와 그림이 시화(詩畵)형식으로 꾸며져 있었다. 난생 처음 받아본 달력여서인지 한동안 보고 매만지며 지난 1년의 삶을 돌아봤다. 그리고 새해에 대해서도 조금 생각하는 계기가 되었다.

12월은 붙잡아도 간다. 붙잡아서 멈추는 것이라면 사정도 해보겠지만 인생으로 머무는 1년의 시간이 너무 짧다는 사실에 나는 통증을 느낀다. 하지만 누구나 그런 아픔은 있을 것이다. 후회, 허무, 배신감, 그리고 화해, 용서와 같은 것들, 12월은 그러한 털어내고 싶은 부채 때문에 아쉬워하며 더욱 죄스러워한다. 나는 금년에도 무너진 '초지일관' 앞에 무릎을 꿇고 말았다.

그렇다. 붙잡거나 기다리지 않아도 가고 오는 것이 세월이다. 나는 달력에다 맨 먼저 결혼기념일과 가족의 생일날에 동그라미 쳤다. 그리고 부모님 제삿날에는 세모를 그려 넣었다. 그런 다음 중요한 문학행사나 꼭 해야 할 일들에 대해서는 별도의 제목을 달아놓았다. 그리고 동창회나 다른 청첩이 있는 날에는 그때마다 가위표를 긋거나 해서 잊지 않도록 한다. 그런데 문제는 아내의 낙서(?)다. 셋이나 되는 딸들의 내외와 외손자들의 생일에 브이(v)자 표시를 한 것도 문제지만 곗날 말고도 심지어 여행 예정일과 파마하는 날짜까지 빼곡하게 덧칠을 해놨기 때문이다. 그래서 명품달력은 첫 장부터 뜯겨질지도 모를 처지가 되었다.

그건 그렇고, 나는 이 해 12월 달력을 보며 생뚱맞게 유언이라도 써놔야겠다는 생각이 들었다. 그런데 아무런 할 말이 없지 않는가. 맙소사 기가 차다. 저축한 돈도 없거니와 숨겨둔 재산도 없이 달랑 집 하나뿐인 것을 가지고 유언이라니... 정이나 써야한다면 '아들아, 나처럼 청춘을 까먹지 마라.'

금년도 사는 것이 만만치 않았다. 그러나 빈곤이란 한쪽으로 쏠리는 데서 기인한다고 한다. 다시 말해서 부익부 때문에 빈익빈이 생긴다는 것이다. 서로 공평하게 정의가 구현도면 충분히 골고루 잘 살 수 있는데 그렇지 못하기 때문에 불평불만과 사회적인 고난이 꼬리를 물게된다. 아무튼 속물근성은 나도 마찬가지다. 마음을 비운다 하면서 마음을 채우기에 급급했으며 다 채우지 못한 것에 대한 성이 불끈불끈 나고야 말았다.

하기야 세상이 조용할 수만은 없다. 늘 꽃처럼 웃으며 살 수도 없고 개미처럼 일만하고 살 수가 없기 때문이다. 산다는 것은 이따금 조용할 때도 있지만 늘 시끄럽고 열광한다. 나는 그런 소용돌이 속에서 성공신화를 쓰고 싶었다. 그러나 지금 나는 실패의 경우를 말하고 있지 않는가.

그렇다고 꿈을 포기한 것은 아니다. 솔직히 말해서 나도 세상을 발칵 뒤집을만한 업적을 만들고 싶은 것이다. 예쁘고 똑똑한 달력처럼 남은 인생 때 묻지 아니하며 내가 죽고 없더라도 나를 기억하는 사람들이 조금은 생겼으면 좋겠다. 잘 가라 12월, 내년에 또 보자!

왼손

손은 참 부지런하다. 하지만 한쪽 손만 가지고는 명품의 손이 될 수가 없다. 두 손이 서로 합해져야 비로소 임무수행이 가능해지고 마음먹은 대로 성공하는 손의 역할과 기능이 완성된다. 그러나 사람들은 손의 운명을 갈라놓았다. 왼손은 궂은일을 도맡아서 죽어라 일만하는 머슴손으로 오른손 위세에 짓눌려서 제대로 힘 한 번 써보지도 못하는 서툰 손이다.

그래놓고 사람들은 놀린다. 바보 같은 손, 등신 같은 손이라며 학대한다. 하긴, 왼손이라 하여 배앓이 없겠는가. 눈물과 아픔이 있을 것이다. 위풍당당하게 살고 싶은 욕심도 있을 것이다. 혹여 예술가나 부자를 꿈꾸며 여러 사람들로부터 능력으로 칭찬 받는 손이고 싶을 것이다.

솔직히 말해서 자신의 욕심을 다스리기는 벅차다. 하찮은 일일지라도 남을 위해서 마음 다지기도 어렵다. 이 난공불락은 정녕 힘으로만 해결되지 않는다. 누구나 신뢰할 만한 덕목이 중요하다고 본다. 소신이란 본시 위험한 개성이며 객관적인 이해가 없으면 인식의 오류를 범하기 십상이기 때문이다.

손아, 생존 자체가 무상한 것인 줄은 알지만 탁월한 근면성으로 숱

한 굴욕을 견디며 일만하는 거친 왼손아! 위대한 행복을 위하여 슬그
머니 져주자. 미운사람일수록 떡 하나 더 주면 나조차 행복해 지는 것
을...

이상한 도시

서울에서 집 한 채만 지니고 살아도 부자란 소리 듣는다. 아니다. 아무리 평수가 작은 아파트라도 한강이 보이는 곳이면 수억 호가 하므로 갑부라는 칭호를 얻을 수밖에... 하여간, 그러고 보면 나도 부자다. 무주택자가 아니므로 부자고 서울에 집이 있으므로 부자다. 그러나 아파트가 아니라서 유감이다. 그나마 강남에 있다면 좀 나을 텐데 강북에 있어서 기가 죽는다. 자연 기가 죽으면 사는 게 재미없다. 그래서 불만이다. 상대적 박탈감에 홧병이 도질 지경이니 참 서울은 이상한 도시다.

따져보니까 내가 서울 온지도 어언 반백년이다. 말 새끼는 제주도 보내고, 사람은 서울 가야 성공할 수 있다며 너도 나도 단봇짐을 메던 때다. 그때 서울행 완행열차는 콩나물시루보다 더 **빼곡**했다. 250만(1960년 당시) 서울은 해마다 팽창해져서 도시 인심이 영악해지고 흉흉했다. 까딱 한눈팔면 쥐도 새도 모르게 코 베어 간다는 말이 생길 정도였으니 지금 생각하니까 ㅋㅋㅋ 웃음이 터진다. 왜 하필 코였을까. 코보다는 훨씬 귀가 쉬울 텐데...

예나 지금이나 서울은 이상한 도시다. 요즘도 똑바로 걷지 않으면 낭패다. 어깨 끼리 부딪치기 일쑤고, 재수 없이 모진 놈이라도 만났다

하면 신세가 만신창이다. 뿐만 아니라 서울은 차고가 되다시피 자동차 홍수다. 그동안 도로를 넓혔는데도 노변주차장이 생기는 바람에 도로 그 타령이 됐다. 별수 없이 사람들은 몸을 사릴 수밖에 없고 때로는 위험을 무릅써야한다.

서울은 경기 인구와 합쳐서 우리나라 반을 차지하는 상황이다. 자연 경제권도 편중될 수밖에 도리가 없게 되었다. 그래서 서울은 거칠고 모질다. 날마다 새로운 문화의 유혹에서 허덕이며 살아야 하고 어느 한 순간이라도 넋을 놓고 살다가는 신세가 쪽박나기 딱 좋다. 그리하여 내가 우울한 것은 순전히 서울 탓이다. 내가 서울을 떠나고 싶은 것도 서울의 탓이다.

나는 가겠네
언젠가 흙으로 돌아갈 것이네
산 좋고 물 좋고 인심도 좋은 그 곳에서
참나무가 되어 지금의 아내랑 자식들이랑 함께 숲으로 살겠네

부자가 아니어도 좋겠네
흙을 고르고 씨앗도 뿌리고
비가 오면 삽으로 물꼬를 터서 잘 흐르도록 하겠네
뽀송한 햇살이 들면 식구들이랑 자전거 타고 동네 한 바퀴 돌겠네

(졸시: 귀향 일부)

B-boy

공부만 하고 놀지 않으면 바보가 된다.

(All work and no play makes jack adull boy)

미국 속담이다. 하지만 출세지상주의 사회에서는 공부 안하고 놀면 바보가 되기 십상이다. 40대의 우상이자 희망으로 떠오른 '40대 동방신기'가 있다. 그들 다섯 사람은 20여 년 전에 벨리댄스와 비보이(b-boy) 춤꾼으로서 젊음의 상징이었다. 그러나 그들은 철없는 아이들이란 이유로 시선이 곱지 않은 사회에서 그나마 모든 꿈을 접어둔 채 평범한 아버지로 살아야만 했다.

그들은 음악도, 연습실도 변변치 않아 아무데나 동작이 가능한 곳이면 젊음의 열정으로 춤을 췄다고 한다. 그러나 현실은 춤 하나만으로 해결되지 않았다. 이상과 현실 사이에서 그들은 고민해야만 했고 결혼과 함께 각자 나름대로 생계를 이어가는 가장으로 변신하게 되었던 것이다. 하지만 말인즉 변신이지 그들은 쫄딱 망했다고 한다. 워낙 끼를 감추고 살자니까 한숨이요, 더구나 꿈을 잃어버렸으니 그들 말대로 인생이 알거지 신세가 된 것이다.

삶이란 얻기 위해서 잃어가는 것

(life is a thing that we lose in order to gain)

플라톤의 명언이다. 마침내 그들에게도 기회가 왔던 것이다. SBS 인기 프로인 '놀라운 스타킹'에 출연하여 고난이도인 공중 린댄스, 파워풀댄스, 헤어스핀 등을 자유자재 구사하여 감동의 3연승으로 스타킹(starking)이 되었다. 그리고 늦복이 터졌다고나 할까. 연말 결선에서 '왕중왕'까지 차지했다. 그리하여 그들은 고개 숙인 40대 아버지들의 희망이 됐으며 '파파스'란 새로운 이름으로 다시 뭉치는 계기가 되었다.

초년고생은 성공의 유익한 경험이다. 그렇다고 일부러 고생을 사서할 필요까지는 없겠으나 실패를 잘 선용하면 그만큼 인생이 여물어지고 윤택해진다는 말이다. 우리 절망하지 말자. 아침의 태양은 내일 다시 뜬다. 지금 처지가 좀 궁색하다 할지라도 용기를 잃지 말고 이겨내자.

마음 다지기

나는 길을 나선다. 어디 갈 곳을 정해놓고 떠나는 것은 아니다. 그냥 동물적인 본성이라고나 할까. 매우 숙달된 훈련이거나 정지할 수 없는 관성이다. 세상에는 보이는 것과 볼 수 없는 것들이 많다. 하지만 죽을 때 가지고 갈 수 있는 것은 아무 것도 없다. 그런데도 나는 그 무엇을 찾아서 배고픈 사자처럼 헤매어 돈다. 그것이 살기 위한 생활의 방편이며 고상한 삶의 추구이다. 혹은 못생긴 호박이 돼서 험상궂은 탈바가지 신세일지라도 그것이 내 인생이다.

인생은 어둑한 터널도 만나고 험난한 길도 만나게 된다. 그럴지라도 나는 어디엔가 고단한 몸을 뉘일 수 있는 쉼터가 있다는 걸 믿기에 걷고 또 걷는다. 그것이 내 삶의 장정이라고 봐야할 것이다. 마라톤선수들은 약속된 완주를 향해서 온 힘으로 시간과 싸우면 되지만 나는 나의 모든 경쟁자들과 동행해야 한다. 그러다 보니까 살고 싶은 때보다 죽고 싶은 때가 더러 있다.

나의 생활은 내 삶의 표현이다. 예(yes) 할 때 '예'라고 대답하거나 아니오(no) 자리에서 '아니오' 하고 말하기란 대단한 용기가 아니고서는 곤란한 처신이다. 시류의 급물살에 능한 사람만이 판치는 사회에서 과연 할 말을 다 하고 산다는 것이 쉽지 않다. 그러나 나에게 오늘 하루가 있음에 행복하고 내일도 생각하게 된다. 그까짓 사랑에 울고 돈에 속아서 분노하며 우울한 날이었을지라도 그것이 내 인생이다.

다행이다. 모나리자가 세계 제일의 미인도이긴 하나 완성을 추구하는 미완성 작품이라는 것을 알았다. 세상에 완벽한 아름다움이란 존재하지 않다는 것을 알았으므로 나는 희망과 용기를 가질 수가 있다. 사랑은 '주는 것' 그것이 완성을 지향하는 위대한 기쁨이다. 그래서 세상이 보다 선하며 더 아름답다. 그렇지만 돈과 출세의 유혹으로부터 자유인이 되기는 정말 어렵다.

오늘은 의미 있는 하루였기에 토 하나 단다. 살다보니까 사는 방법이 생겼다고나 할까. 나는 당당하게 살자고 다짐해 본다. 이제는 눈치 보지 말고 독립된 국민의 자긍심으로 떳떳하게 살자고 외쳐본다. 보람되게 살자. 껍데기는 버리고 할 말은 하면서 이해하고 용서하자.

우정

우정은 관심으로부터 생긴다. 순간의 쾌락을 구하지 아니하며 공동의 선을 추구한다. 그리하여 친구는 인생의 협력자다. 좋은 친구가 많으면 그만큼 삶이 풍요하고 기름지며 부모 팔아서 친구를 구할 정도로 친구란 나의 위대한 자산이다.

우정은 선망의 대상이다. 진정한 우정은 어디에 얽매이지 않고도 폭발적인 힘을 발휘한다. 그것은 어디까지나 서로 비슷한 사람들끼리 공동의 이익을 추구하고 이행하며 공유하기 때문이다. 그러므로 우정은 봉사행위가 아니다. 사랑은 한 방향에서 같은 곳을 바라보지만 우정은 양방향에서 같은 지점으로 향한다. 다시 말해서 우정이란 모성애처럼 일방적으로 쏟아 붓는 그런 것이 아니라 서로의 관심사로부터 의기투합하여 가치를 함께 누리는 것이다.

진정한 우정은
앞 뒤 어느 쪽에서 보아도 동일한 것
앞에서 보면 장미, 뒤에서 보면 가시일 수는 없다.(리케르트)

그렇다. 친구는 거짓이 통하지 않는다. 혹은 통했다 하더라도 그 친구는 잃은 것이다. 친구란 믿음과 의리다. 훌륭한 우정은 적극적인 변화를 겪게 되며 자기의 가치를 도약시킨다. 그럼으로써 삶의 보람과 강건한 힘을 축적한다.

그리고 성숙한 우정은 고독하거나 어려움에 처했을 때 어김없이 찾아와서 함께 고통을 분담하고 불의에 공분한다. 그러나 오랫동안 거울을 닦지 않고 보면 뿌옇다. 친구도 관심이 소홀해 지면 다소 멀어지는 것이 인지상정이다.

잃어버린 미소

꽃이란
피고 지는 것이기에...

우리는 아주 작은 꽃일지라도 아름다움으로 묘사하거나 황홀함으로 이야기 하면서 서로가 꽃처럼 살고 싶은 이유를 댄다. 자연의 심오함을 무슨 수로 알까마는 세상을 선하게 꾸미고 마음까지 기쁘게 심어주는 꽃이 우리를 착하게 살도록 하기 때문이다.

하지만 꽃은 질 때 이미 웃음을 잃는다. 꽃의 절정이 아침 이슬과 같은 운명인지라 영롱한 자태를 금방 잃고 마는 것이다. 사실은 꽃도 사랑하고 이별을 한다. 기쁨을 잃어버린 이별은 가슴이 아프다. 그 같은 운명은 여자의 숙명과 같아서 우리는 꽃을 더 사랑하게 되는지도 모르겠다.

꽃은 봄을 기다린다. 사랑의 전령처럼 봄을 기다리는 동안 겨우내 화분은 고독하고 추웠을 것이다. 아마도 미모와 명예로운 신분으로 한 시대를 흔들었던 여인도 그러긴 마찬가지였으리라. 여인은 교수였다. 그녀의 염문이 세상에 알려진 이른바 '신정아 게이트'의 주인공이 바로 그다. 청와대 고위층 인사와 은밀한 사이로 문화예술계를 손에 쥔

그녀의 사랑은 속된 예술이 아니라 이 시대 최고의 로망스였다고나
할까.

키스.
뭐랄까. 오월의 청보리가 익어가는 맛,
풋풋한 풀 내음과 알곡이 영글 때 풋 알들이 질에 밀착돼 밀려가 촘촘해지는
질감 그 모든 것!
당신이 말했죠. 정아는 자그마한 체구로 남자친구들에게 인가가 짱이었을 거
라고요. (연애편지 일부)

그러나 꽃도 지고나면 아픔이 그 자리를 차지하는 법이다. 학력을
위조해 지식기반의 근간을 훼손했다는 이유로 그 녀는 이윽고 징역살
이까지 하게 되고 최후 변론에서 다음과 같이 담담히 엘리트다운 명언
을 남겼다.

'나는 아무 것도 가진 것이 없는 그저 봄을 기다리는 초라한 여인'

이라고-. 누가 그녀의 장밋빛 미소를 훔쳤는가. 참으로 암담하고 절
망적인 심경이 리얼하다. 이보다 더한 비굴함도 없을 것이다. 세상 사
람들은 죄인 중에 죄인처럼 부정한 여인으로 몰아 부치고 그녀에게
돌을 던지며 악담도 서슴지 않았다. 그러나 따지고 보면 사랑이란 아
무나 함부로 간섭하거나 건들 수 없는 은밀한 예술이며 신성한 가치다.

그런데도 현행법(학력위조)과는 아무 상관이 없는 커튼 안에 숨겨진
사생활을 막무가내 파헤쳐 놓은 소행이 우리가 아니던가. 반성하라.
나도 그렇고 너도 그렇고, 뉘우쳐라. 우리가 아무리 사랑에 굶주린 사
자와 같은 처지일지라도 미소를 잃어버린 저 여인의 불행을 즐겨서는
안 된다.

꽃은 '순간'으로 '영원'을 본다. 더 이상 그녀에게 해괴한 눈초리로

보지 말자. 손가락질을 해서도 안 된다. 기도해야 한다. 한조각의 꽃잎을 남기고 거기에 한마디 꽃말도 새기도록 해야 할 것이다.

신대륙

육지에서 섬은 고독의 대상이다.

그러나 섬에서 육지는 동경과 그리움의 대상이 된다.

지구는 둥글다. 그리고 지구는 태양을 중심으로 돈다. 그것이 현대 과학에서 주장하는 지동설(地動說)이다. 지동설 이전에는 천동설(天動說)을 믿었던 시대가 있었다. 지구는 평평하다 믿었으며, 지구 끝이 낭떠러지라고 생각했던 것이다. 1492 콜럼버스가 지구는 둥글다고 발표하자 사람들이 확인하는 일이 생겼다. 그 결과 정말로 엄청난 땅이 있었다. 이른바 '신대륙(아메리카)' 발견이다. 그래서 지구가 둥글고 끝이 없음을 믿게 되었다.

우리나라는 인구에 비해서 땅이 좁다. 그리하여 바다를 막아 육지로 활용하는 대안이 필요했다. 이미 조성이 완료된 서산간척지가 그렇고 새만금 또한 대역사다. 그동안 말도 많고 탈도 많았지만 군산에서부터 부안군 일원에 바다를 막아 최대한의 종합농수사업시범단지를 만들었다. 항만과 도로 등 사회간접자본을 확충해 장차 새만금국제무역항의 건설기반을 구축하는 목적으로 시작되었다고 한다.

지난 91년부터 2007년까지 만경강과 동진강 하구의 굴곡진 100km

해안선이 비응도-고군산도-변산반도 사이를 연결하는 33km 직선 방조제로 4만100ha의 용지가 생겼다 한다. 이 면적은 전주시 두 배, 여의도 140배 다다르는 신대륙이다. 토끼 모양의 지도를 펭귄 모양으로 다시 그려야할 판이다. 나는 저 광활한 신대륙을 바라보면서 잠시 유혹에 빠지게 된다. 간척지에 주택지구 상업지구 공업지구가 들어서고 인구 30만 신도시가 생긴다 하니까 그야말로 농어상공(農漁商工)이 함께 어우러지는 꿈의 복합도시가 만들어지는 것이다.

하지만 얻은 것이 있으면 잃는 것도 있다. 생태계의 변화가 우려되는 바 크지만 우리의 낭만도 사라지게 됐다. 바닷가 아무데고 낚싯대를 드리우면 도미, 우럭, 광어, 농어, 등 그 같은 고급 어종들이 잘 걸려들곤 했다. 물이 빠지면 갯벌에서 바지락을 캐고 낮은 물에서는 새우도 잡았다. 아이들은 불덩이 같은 8월의 햇살에 몸을 달구고 해풍으로 달래기도 했을 그 요람이 이제는 이야기의 전설이 될 뿐이다.

삶이란 끝이 없다. 끝이 없으므로 내가 죽더라도 지구는 여전히 돌아갈 것이다. 인류의 역사도 존재할 것이고 진화할 것이다. 새만금처럼 새로운 대륙이 생기는가 하면 침몰하는 섬들도 있을 것이다. 지금은 저 섬들이 대륙에 묻혀 질 운명에 처해 있지만 언젠가는 육지가 바다될 가능성도 있다.

추석

추석은 일 년 중 가장 풍요의 절정기다. 시장마다 햇곡식과 풋과일들이 울긋불긋 싱그러움을 자랑한다. 감이랑 사과랑 그리고 햇밤과 대추들이 더러는 선물용이거나 더러는 제수용으로 팔려나간다. 다채로운 나물, 다양한 생선과 정육점도 마찬가지 생기가 돈다. 농산물 수입이 개방되고부터 새로운 풍경이라고나 할까. '수입산'이라고 쓴 것과 '국산(토종)'이라고 써 붙인 팻말이 애국심을 강조하는 표어처럼 크게 보인다.

떡 방앗간 주인의 손놀림이 분주하다. 그러나 가족이 모여서 송편 빚는 재미 또한 쏠쏠하다. 송편을 잘 빚어야 얼굴이 예뻐진다는 어르신 말씀을 떠올리며 반달처럼 여간하여 신경을 써보는 데도 삐뚤어진 못난이 송편 때문에 웃음보가 터진다. 이때가 되면 거리도 확연히 다르다. 벌초하기 위해서 미리 고향으로 떠나려는 사람들이 챙기고 준비하느라 주요소마다 붐비고 선물꾸러미 배달하는 택배와 퀵서비스 아저씨들도 분주하다.

추석은 민족의 명절이다. 대대로 묻히신 조상님과 자손들이 서로 해후하는 날이기도 하다. 때문에 보다 경건한 마음으로 정성껏 제수용품을 준비하고 차례를 지낸다. 그리고 가문의 뿌리에 대한 개념을 나름

대로 되새기고 정리하는 계기가 된다. 바쁘다는 핑계로 그동안 뜸했던 친척들 간의 소식도 접하게 되는 날이며 정이 다져지는 절호의 기회다.

나는 며칠 전에 미리 다녀왔다. 조상의 묘와 어릴 적 추억이 고스란히 담겨진 고향의 마을과 산천을 두루 봤다. 참으로 감회가 컸던 것은 내가 유년주일학교 다니던 교회(당시 천막교회)가 아직도 있다는 것이다. 그땐 크리스마스 선물에 현혹이 돼서 다녔는데 떠나온 지가 오래된 탓인지 동네 몇 말고는 모두 낯선 사람들뿐이라서 '멀어진 당신'처럼 세월의 무상함을 안고 돌아왔다.

고향은 좋다. 아무리 들어도 싫증나지 않고 추억의 전설이 온기를 지탱해 준다. 언제나 내 편에 서서 나로 하여금 삶의 길을 내도록 한다. 그런데 우리 집 아이들은 고향이 없다. 아니, 있지만 잃어버렸다. 그들은 불행하게도 고향이 어딘지 모른다. 사실 아버지로서 찾아 주어야할 그들의 고향은 낭만도 추억도 없는 메마른 도시 복판이다. 자식이란 품안에 자식이라더니 그들에겐 고향이란 단어가 왠지 낯설고 그다지 중요하지 않다고 인식하는 것 같다. 정말 유감이다. 서울내기 우리 아이들은 타향처럼 살아가고 있는 것이다.

자고로, 뿌리 없는 나무 없다고 하였다. 고향은 내가 나서 자란 꿈의 요람이다. 좀 더 나은 나를 위하여 국적은 바꿀 수 있을지 몰라도 조국은 바꾸지 못한다. 호적은 옮겨올 수도 있다. 그러나 고향은 숙명적인 인연이다.

우리 만나자.
대보름 달밤에 만나서 고백하자.
더도 말고 덜하지도 말고 추석처럼 살자.

3부 내일의 행복을 위하여

공짜 술

공짜 한 잔 마시고 집으로 간다.
술집에서 말한 친구의 농담이 내내 곱씹힌다.
(엿장수 지나간 후 문고리는 무슨 소용인가.)

내가 정신이 좀 드나 싶은데 엿장수가 지나갔으니 문고리 있어도
엿과 바꿀 수 없다. 이미 가버린 세월 앞에서 아무리 용을 써 봐도 그
좋은 시절은 또 오지 않는다. 부끄러운 과거 지울 수도 없고 다시 태어
날 수도 없는 일이라서 후회해도 소용없다. 화려하고 기고만장하던 과
거는 과거일 뿐이며 '아름다운 추억'이란 이름으로 위로의 대상이 되
어줄 뿐이다.

우리나라 평균 나이가 80('07)이라고 한다. 요즘 90 넘은 노인이 수두
룩한 거 봐서 확실히 장수시대가 온 것 같다. 이런 추세라면, 나로서는
기대 나이 100세로 계산해서 35년 남은 셈이다. 이제 나머지 인생은
시간과 싸움이다. 하지만 잠자는 시간과 이것저것 빼고 나면 딴 생각
할 여유가 없다. 세상 사람들은 돈이 다가 아니다 하지만 사회활동 그
자체가 돈이다. 그럼에도 한가한 노년을 위해서 당장 뾰족한 수가 없
는 나로서는 기를 쓰고 살아야할 판이다.

나를 키운 건 사랑이 아니다. 바람도 아니요 상처도 아니다. 허무다. 사랑이 뭔지도 모르고 사랑하다 고배만 마셨다. 이별 후에는 애송이처럼 절망과 체념을 딛고 서서 알몸으로 부자가 되려고 했는데 그마저 사는 법이 어긋났다.

나는 세상이 내 맘대로 살도록 허락해 주지 않는다는 것을 잘 알고 있다. 하찮은 것을 따지며 공박하다 보면 그나마 가까운 친구들마저 멀어지는 것은 불 보듯 뻔하고, 그만한 친구 다시 사귀자면 몇 배의 노력이 필요하다는 것도 안다. 놀면서 재밌게 살 수만 있다면 그보다 더 행복한 인생은 없을 것이다. 하지만 시간을 마냥 즐기기에는 나에게 주어진 인생이 너무 짧다.

기차는 시간표대로 떠난다. 주어진 시간을 어떻게 선용하느냐에 따라서 삶의 가치가 보다 명료해진다고 본다. 청룡열차가 빠르긴 하다. 하지만 젊은 승객들은 느리다는 느낌으로 산다. 통일열차는 느리다. 그러나 4,50대들은 빠르다고 생각한다. 요즘 새로 생긴 고속전철은 그야말로 초고속이다. 그런데도 나이 든 사람들은 인생의 황혼열차가 더 빠르다 한다. 맞다. 맞지만 그렇대서 마구 덤빈다고 되는가. 예전 같지 않은 에너지로 달린다 해서 잘 사는 것은 더욱 아닌 것이다.

인생은 누구나 길을 묻고 길을 걷는다. 그 길 입구에는 들고나는 문이 있다. 걸어서 들어갔다가 기어서 나오는 문과 업혀서 갔다 스스로 걸어서 나오는 그 문을 이용한다. 다시 말해서 지옥문과 개선문이라고나 할까. 사람들은 운명적으로 이 두 문을 부지런히 드난살이 한다. 예컨대, 어떻게 사느냐에 따라서 나이가 들수록 경륜과 노익장이 생긴다.

성공하는 인생이란 어디에도 적용되는 주인공일 것이다. 이 세상에

쓸모없는 것은 하나도 없다. 흑싸리 패는 광 패만 못해도 피바가지를 면해 준다. 나도 요긴하게 부려지는 사람이라면 좋겠다.

老no 잔치

문화를 등지고 사는 사람들 중에 탄자니아 어느 부족민들은 자연인의 긍지를 지니고 산다고 한다. 비록 헐벗고 굶주리며 살긴 하나, 지구(자연)를 삶의 유일한 요람으로 생각하는 관습과 전통이 도도하기에 새로운 문화를 배척하며 그들은 자기들이 '지구인의 형님'이라는 것이다. 하지만 글쎄다. ...

우리는 우리가 문명인이라고 한다. 사람이 짐승보다 우월하다는 것은 우리 입장에서의 해석 때문이다. 사람은 짐승보다 가치를 창출할수 있는 지혜가 다르며 짐승들처럼 한 끼니 포식을 위해서 사냥을 즐겨하지 않는다. 그러다보니 이익에 대한 집착과 기발한 요령이 너무 능숙해져서 나도 모르게 다른 사람의 폐가 되고 때론 개나 고양이들처럼 서로 야옹대며 으르렁대기 일쑤다.

행복은 누구나 다 바라는 바다. 그렇지만 행복이 무엇인지에 대해서는 자신 있게 말하는 사람이 없다. 과연 내가 추구하는 행복이 어떤것인지 구체적으로 설명될 수 없는 것이 한계다. 행복이란 감성과의소통이다. 정신적 혹은 육체적으로 행복하다 싶으면 행복이고 그렇지않으면 아닌 것이다. 그런데도 사람들은 행복에 싸여서 살고 싶다는생각을 부질없이 하게 된다. 사실은 지금이 가장 행복한 순간임에도 우선 나부터 행복을 도무지 알아채지 못한다.

인생이 두 번을 살 수만 있다면 참 좋겠다고 생각해본다. 첫 번째 삶은 그렇다 치고 두 번째는 진짜 후회 없는 달콤한 인생으로 살 것만 같기 때문이다. 나는 모든 생명을 더 사랑하리라. 그들에게 조금이라도 불편한 존재가 되지 않고 유익한 사람이 되리라. 그리하여 그들이 소외당하지 않고 당당하며 밝은 웃음의 소유자로서 또 다른 이웃들에게 선양되기를 바란다. 건강한 나무들이 꽃과 열매를 만들어 내듯 서로 탓하지 않고 욕하지도 않으며 이 천박한 땅에 부처나 예수가 다시 오지 않아도 괜찮은 푸른 생명의 세상이 되면 좋겠다.

만약, 내가 다시 태어나면 사상과 이념을 초월 하여 평화를 지향하는 공화국을 만들 것이다. 솔직히 말해서 지금처럼 마구 들끓고 이전 투구식의 싸움판 세상은 싫다. 이보다 아름다운 사회에서 노벨평화상을 받고 싶다. 아니, 상은 받지 않아도 괜찮다. 영어공부를 하면 된다. 내가 20년 동안이나 무역(오파상)을 해봤지만 고놈 영어 때문에 신세까지 어긋나는 수모를 당했다. 돈이란 약자에게 강하고 강한 자에게는 약하다는 것을 알았다.

하지만 돈 때문에 내 신세가 결딴났다고 생각하지는 않는다. 어차피 세상은 웃음 반 눈물 반이다. 그런데 카지노에는 시계가 없고 창이 없으며 거울도 없다 한다. 이 3무(三無)의 원칙은 인간을 쾌락에서 벗어나지 못하도록 하는데 있다. 생각을 극도로 단순화시켜서 사행심에 더 깊이 빠지게 한다는 것이다. 참으로 어이가 없는 일이다. 나는 다시 태어나서 카지노 주인이 되면 맨 먼저 시계를 걸겠다. 그리고 창을 내겠다. 거울도 준비할 것이다. 모든 이들에게 칩(패; chip)을 걸기 전에, 혹은 배팅을 하고 나서라도 인생을 돌아볼 수 있게 하며 우주의 만물과 충분히 소통하도록 배려할 것이다.

즐거움은 야구나 축구장에만 있는 것이 아니다. 도처에 너부러져 있지만 우리가 그것들을 간과할 뿐이다. 아직은 건강하므로 지팡이를 짚지 않아도 되는 것이 나로서는 다행이며 행복이다. 가왕 사는 바에야 보다 적극적으로 살고 싶다. 우물쭈물하다 괜히 세월만 까먹는 인생이 아니라 모든 분노를 삭이며 나에게 주어진 행복의 권리를 거침없이 구현하고 싶은 게 나의 욕심이다. 그리고 지금까지 살아온 것 중에서 가능한 실수를 줄이고 부족한 것은 점차 채우면서 더 맛을 내고 더 부시게 하는 것이다.

아침에
나이든 아내가 손을 흔든다.
나도 화답한다. '백 살은 충분히 살 것 같다고-'

(老no : 생리적 나이는 노인이지만 정신적인 나이는 젊다 뜻.)

방콕국립大

　누구나 편하고 윤택하게 살기를 원한다. 하지만 세상이 호락호락 놔 두지 않는다. 사람은 짐승과 달리 경제를 만들고 문화를 생산하는 동물이다. 그래서 부단히 경험하며 자기 삶을 개척한다. 하지만 사람은 오늘을 위해서 사는 것이 아니라 내일이 더 중요하다. 미래의 청사진은 언제나 인간적이며 색종이처럼 알록달록하다.

　군대에서는 '차렷!' 자세가 훈련이다. 하지만 '쉬엇!'도 훈련이다. 우리 사회는 어디까지나 변화를 꿈꾸는 사회고 어차피 경쟁의 사회이기 때문에 정신을 놓으면 그만큼 낭패다. 이래도 홍 저래도 홍하는 식으로 시간을 낭비하다가 어언 힘없고 빛바랜 인간으로 전락하고 만다. 건강을 도모하며 화려한 노년의 잔치를 위하여 새로운 지식과 그 지식으로 변화하는 사회질서에 적응하여야 한다. 그것이 최후 만찬의 준비다.

　얼마 전 고향 친구 모임이 있었다. 너무 오랜만이라서 반갑기도 했지만 몰라보게 변해버린 그간의 안부가 궁금하고, 하고픈 얘기들도 많았던지 서로 이바구 끈을 놓지 않는다. 삼겹살이 춤을 추고 소주잔이 공중잽이 하는 동안 분위기가 사뭇 얼큰해졌다. 자연 속내를 드러내는 기회가 되자 그중에서 입담이 걸쭉한 녀석이 말하기를- '예일大(예순이

지난 나이에 일하는 대학)'에 다니는 중이라고 한다. 그러니까 또 한 녀석이 자기는 '동경大(동네 경로당 대학)' 나간다며 넉살을 피운다. 다시 말해서 한 녀석은 일을 하고 다른 녀석은 백수라는 말이다. 하긴, 예일大생은 70 코앞인 데도 중소기업의 CEO다. 그리고 다른 놈은 매일 경로당에서 장기나 두며 총무 일을 맡고 있다 한다.

드디어 내 차례가 됐다. 논다 할 수도 없고 일한다 말할 처지도 못돼서 나는 방금 들은 풍월대로 '방콕국립大(방에 콕 박혀서 국민연금 받고 사는 대학)' 모범생이라며 임기응변으로 위기를 모면했다. 그런데 나를 정작 도와준 사람은 K다. K는 현직 목사다. 하지만 그도 깨복쟁이 친구이므로 무슨 말이든지 가릴 것이 없는 관계다. 그런 그가 내 말이 끝나기도 전에 '하바드大(하마터면 바지에 똥싸고 드러누울 뻔한 대학)' 총장이라고 자칭하는 바람에 웃음보가 그쪽에서 터졌던 것이다.

나는 집에 와서 '방콕국립大'라고 말한 것에 대해여 다시 곰곰 생각해 봤다. 아무리 임기응변이긴 하나 고백이 너무 리얼하고 순진한 것 같아서 조금은 부끄럽기도 하지만 사실은 사실이다. 나는 지금까지 여섯 권의 책을 내놓았다. 그런데도 별로다.

솔직히 말해서 내가 글을 쓰는 것은 사치라고 생각한다. 허무 이야기가 밥을 먹여주는 것이 아닌 바에야 나도 퇴직자 명단에 설 수 있는 정도만 돼도 괜찮겠다. 사실은 지금 내가 공부해서 일류대학을 나온다고 해도 갈 곳은 없다. 공무원시험에 도전한다한들 붙어봤자 역시 소용없다. 그렇지만 나는 도전하고 싶은 것이다.

나의 유일한 자산은 시간이다. 이 시간에도 나의 뇌세포는 죽어간다. 내가 불평하는 동안 내 인생이 그만큼 늙는다. 정신 차리고 살아야겠다.

친구들, 건강하시게나
절지 말고 굽지도 말고 맹하지 않은
성한 몸으로 다시 만나 웃어주면 좋겠네.

야한 남자

무뚝뚝한 남자는 인기가 없다. 상냥하지 않은 여자도 별 볼 일이 없다. 요즘 신입사원채용 면접에서도 사회성이 부족한 사람은 곤란하다고 한다. 설사 사원이 됐다 하더라도 매사 외톨이처럼 꿍한 성격이라면 해고 대상 영순위라고 한다. 그만큼 이 사회는 잘난 사람보다 좋은 사람을 더 선호한다는 말이 된다.

농담 잘하는 친구가 있다. 서울에서 명문大 나오고 국내 유수기업의 고위관리직에서 정년퇴직했다. 이제 그도 60 중반을 넘긴 老no 중년이 됐으므로 친구들 앞에서 감추고 말고 할 것조차 없지만 만나면 항상 웃음의 전도사처럼 명쾌한 입담으로 거추장스런 인간의 가면을 거침없이 벗긴다.

그는 살면서 생활의 방식을 웃음으로부터 터득한 것 같다. 30여 년 직장생활 하면서 20년 해외(6개국)에서 보냈다. 아마도 여러 나라 다양한 문화를 통하여 삶의 달인으로서 도가 텄거나 달관의 경지에 이른 것이 아닌지... 그와 함께 있으면 우리는 묘한 이끌림에 여지없이 깨복쟁이 누드가 된다.

그는 한마디로 개그쟁이다. 정적인 추억을 느끼고 느끼게 하는 해학적 재능을 가졌다. 인터넷에서 퍼온 글이긴 하나 유익한 유머들을 모아서 한권의 책으로 묶어내는 열성을 보일 정도다. 쪽에서 나온 푸른 물감이 쪽빛보다 푸르다고 하는 청출어람(靑出於藍)이라고나 할까. 그가 보통으로 내뱉는 웃음조차도 듣는 이들은 배꼽을 움켜쥐고 코까지 땅에 박기 일쑤다.

지금도 되냐?
ㅎㅎㅎ ㅎㅎㅎ
그럼 한 달에 몇 번이나 하냐?
ㅋㅋㅋ ㅋㅋㅋ

누가 능청스레 묻는다. 그러면 그도 횟수보다는 질이 문제라면서 너스레를 떤다. 그리고 겁도 없이 쏟아내는 음담에 나뿐만 아니라 친구들조차 그의 등에 기대어 킬킬댄다. 아무래도 밥만 먹고 살 수는 없기에 우리들은 양기를 주둥이에 모으고 천하의 야한남자 변강쇠가 되는 것이다. 기왕 내친김에 <老no 건망증> 이야기 한 토막을 옮겨 본다.

금슬이 좋은 부부가 살고 있었다. 젊어서 부지런히 모아둔 재산으로 여유로운 생활을 즐기는 부부다. 아침마다 산책하며 건강을 도모하고 어딜 가나 손을 맞잡은 채로 다정스레 걷는다. 보름에 한 번 정도 외식도 한다. 그리고 이따금 국내외 여행도 즐긴다. 하지만 그들도 세월 앞에서는 별 수가 없었던지 기억력이 예전만 못하고 까막까막하기 일쑤다. 근데 오늘은 웬 망령인가. 밤에 고것이 발끈하여 거시기 생각이 났던 것이다. 그러나 암만 그러긴 해도 그렇지, 영감탱이가 슬금슬금 할망구 배 위에 올라타고 말았던 것. 그러자 할망구 하는 말,- '댁은 뉘쇼?'

우리들의 이야기다. 늙으면 다 그렇게 기억력이 모자라고 힘도 떨어지고야 마는 것. 인생은 참 서글프다. 어언 종착역이 보인다 생각하면 떨린다. 그리고 노욕이라고나 할까. 허겁지겁 아무거나 챙기게 된다.

따지고 보면 우리가 웃는 것은 원초적인 슬픔의 몸부림이라고 봐야
한다. 다행히 슬픔을 느끼고 느끼게 하는 친구가 있어서 우리의 잔치
는 이따금 화려하게 벌어진다. 우리는 그가 있어 행복하고 그는 우리
가 있기에 웃음을 준다.

야한 여자

세상에서 알다 모를 일이 여자나이다. 얼핏 보면 처녀 같은데 자세히 훔쳐보니까 애가 둘이나 달린 아줌마다. 가슴이 빵빵하고 살결조차 윤기가 좔좔 하기에 30대 초반쯤 되겠지 생각했는데 40대라니 기가 차다. 어떤 할머니는 70 다 됐는데도 50 중년 아줌마처럼 곱고 매력이 있다. 그처럼 아줌마들은 몸매관리뿐만 아니라 얼굴경영과 마음관리도 철저히 하는 것 같아서 행복해 보인다.

세상을 아름다운 눈으로 보는 습관이 중요하다고 한다. 남을 탓하지 않고 살면서 삶의 짐이 되거나 생활의 걸림돌이 되는 것들은 가능한 뛰어 넘는 식으로 세상을 즐긴다는 것이다. 하기사, 아등바등 살 이유가 없다. 욕하고 미워하며 고사를 지낸들 나만 손해다. 지금까지 살아온 경험으로 봐서 산다는 것이 그토록 단순할 수가 없다. 복잡하게 생각하고 힘들게 살아봤자 기대보다 부질없는 일들이 훨씬 많다. 그와 같이 산다는 것은 밑지는 장사를 반복하는 것이다.

최근 새로운 유행어가 생겼다. 이른바 '요새가족(fortress familly)'이다. 요새가족(要塞家族)이란 식구들이 한 집에 살면서 서로 독립된 생활을 하는데 각자가 자기방 청소는 물론 빨래, 밥 먹는 일까지 따로 한다는 것이다. 특히 부부관계가 묘하다. 겉으론 잉꼬부부처럼 보이지만 각방을 쓰며 대외적으로만 부부인 체하는 것을 말한다고 한다. 그리고 결혼 적령 성비율이 4(남) 대 1(여)로 남자가 그만큼 불리하다고 한다.

그래서일까. 그 어느 때보다 여자의 이성에 대한 선택권이 막강해졌다. 거침없이 애완남(愛玩男)을 만들 정도다. 애완남이라 함은 대개 연하의 남자를 말하지만 요즘은 그마저도 싫증이 난 모양이다. 길들여 봤자 버릴 때쯤 되면 거칠게 반항하는 것이 두렵기도 하고, 그래서 순발력이 강한 여자들은 대안을 찾게 된 것이다. 그것이 '나쁜 남자'다.

요즘 '나쁜 남자'가 대세다. 좋아하는 남자 중에서 맘대로 안 되는 '나쁜 남자'에게 더 끌린다고 한다. '착한 남자'는 내 의도대로 움직여주긴 하나 긴장감이 없고 긴장감이 없으니까 계속 만나는데 지루함을 느낀다는 것이다. 아무튼 '나쁜 남자'란 여자들의 의도대로 호락호락 따라주지 않는 줏대 있는 남자로서 겉으론 냉철하고 순수하면서도 인간미가 있는 부드러운 남자를 말한다고 한다.

가을은 유혹의 계절이다. 공자(논어)는 40대를 무엇에도 마음이 흔들리지 않는다는 의미로 불혹(不惑)의 나이라고 했다. 하지만 마흔은 불혹이 아니라 유혹(誘惑)의 나이다. 남자들은 40-45쯤 80%가 가장 심리적 두려움을 갖는다고 한다. 대신 여자는 30 후반(36-39)이 가장 외도 유혹에 취약하다고 한다. 그래서일까. '나 요즘 외로워!'가 4o대 여성들의 주제곡이다.

미즈넷 <性리포트> 통계자료에 의하면, 2·30대 기혼녀 1만6천9백4십7명에게 물었는데 그중 43,7 프로가 남편 말고 은밀히 사귀는 애인이 있다고 한다. 이들 중 57,퍼센트는 애인과 만나 육체적 관계를 나누고 있으며 아직 애인과 육체적인 관계를 갖지 않은 주부 가운데서 71,1%가 상황에 따라 고려해 보겠다는 것이다. 이쯤 되면 우리나라도 바람난 공화국이 아닌지... 아무튼 여자들도 남자들 못지않은 만큼 만나면 농담이 찐하다.

> 옹녀 : 신혼 땐 시도 때도 없이 덤벼들더니 요즘은 본체만체 남이야!
> 용녀 : 서방님이 모처럼 왔기에 문을 열어줬더니 제 볼일만 보고 냉큼 내빼더라고!
> 옹녀 : 비아그라 다 소용없더라니까! 아무리 달래도 일어서야 말이지, 에그, 물건치고는...
> 마녀 : 거시기 좋은 놈으로 대신 수입하면 안 될까? 아프리카 벌거숭이 ㅋㅋㅋ 그 총각!

그렇다. 음담패설이 남자들의 전유물은 아니다. 조금이라도 불만을 가진 40대 이상 여자들은 남편을 흉보거나 때려눕히기 일쑤다. 배나오고 무뚝뚝한데다 성적인 매력까지 부족한 남편만 대하다가 정반대의 남성을 보면 마음이 흔들리는 것은 당연하다. 그래서 '나쁜남자'를 좋아 하는가. 마음이 끌리면 끌리는 대로 내친김에 연하의 가슴에 안기어 하는 말- '남편 출장 갔거든! 오늘밤 외도할까 봐...' 하는 마음은 누구나 가질 수 있다고 본다.

아름다운 유혹

남자는 세상을 가슴에 품고 산다. 그러나 여자가 그 남자의 야망을 관리하고 경영한다. 아무리 세상을 들었다 놨다 하는 천하장사라도 여자의 치마폭에서 헤어나지 못하고 마는 것이다. 그것은 힘이나 꾀로서가 아니라 남자 세계를 평정하는 어떤 오묘한 파워가 있기 때문이다. 다시 말해서 유혹의 아름다운 기술이라고나 할까.

여성은 참으로 신비한 매력을 지니고 있다. 이른바, 미인이란 단순히 키가 크고 날씬해야 하는 것은 아닐 것이다. 하지만 요즘 세상은 개성을 중시하는 사회라서 매력이 부족한 여성은 쪽팔린다. 그래서 몸매 가꾸는 일은 기본이고, 자신을 잘 드러내야 그나마 사람들이 따르고 관심의 대상이 된다.

눈은 마음의 창이라고 한다. 그만큼 눈은 표정의 중요한 포인트다. 하지만 요즘은 성형수술이 뛰어나서 얼굴이 '본심의 관문'이란 말조차 무색해질 정도로 손금은 믿어도 관상의 신뢰도가 떨어지는 역전 상황이 사회적 인식이요 태도다.

미(美)에 대한 욕망은 우리나라뿐만 아니다. 중동(이란)의 성형여성 중에 70%가 코를 낮추는 (ㅋㅋㅋ 우리는 코를 세우는데...) 것이라고 한다. 또,

미국의 상당수 여성들은 유방에 바람(실리콘)을 넣어서 축구공처럼 확대하는 것이 유행이라고 한다. 누구나 다 아는 사실이지만 세계적인 미국의 흑인 가수 마이클 잭슨(Michael Jackson)은 집요한 과학으로 하얀 피부를 가지게 되었다. 한마디로 아름다움이란 자기 개성이다. 그리고 끝이 없다.

대학에 '얼굴 경영학'과가 생겼다는 말을 들었다. 하긴, 유명한 탤런트나 미인치고 성형수술 안한 사람이 없다할 정도다. 그만큼 예술을 창조하는 병원마다 대박을 터트린다고 한다. 그들의 단골 협력자들은 25세에서 35세 사이의 여성들로 1990년대 이후 대학을 나온 문화산업의 소비 주역들이다. 그리고 더러는 자기 얼굴에 치장하는 사람들이 여성뿐만 아니라 남성들도 늘어나는 추세라고 한다.

아무튼, 밝은 마음으로 기쁘게 사는 사람이 행복하고 성공하며 승리하는 영광을 누린다. 딱히 비싼 돈 들이지 않더라도 얼마든지 저비용으로 가능한 방법이 없는 것도 아니다. 이른바 '미소'는 얼굴경영의 자본이다. 웃음 하나로도 새로운 운명을 개척할 수가 있으며 사회는 아름답고 밝다.

요즘 살기 힘들다고 한다. 그렇다고 짜증을 내면 더 힘들어진다. 세상일이란 뜻대로 안 되는 줄 빤히 알면서 투정부리면 그야말로 억지다. 사실 그래봤자 나만 손해다. 일이 꼬이고 풀리지 않을 때일수록 웃음으로 유혹하라. 젊음은 항상 가질 수 없는 인생의 특권이다. 우리 얼굴을 고치자. 기왕이면 아름답게 살려고 하는 사람이 더 아름답다. 당신이 웃으면 다른 사람도 행복해진다.

나를 들뜨게 하는 것

삶은 욕망을 자극한다. 그리고 욕망이 언제나 삶을 들뜨게 한다. 하지만 아무리 용을 써 봐도 웃음만으로 살 순 없다. 혹은 부족한 것이 없다할지라도 경제적인 풍요는 정신적인 다른 빈곤을 수반한다. 제아무리 수완이 좋은 사람도 모든 것을 바라는 대로 한꺼번에 획득할 수는 없다. 원하는 만큼 돈이 생기면 그 돈으로 도저히 구할 수조차 없는 또 다른 것들이 꼬리를 물고 이어지기 때문이다.

우리는 무수한 유혹과 다투거나 화해하며 살아간다. 하지만 대개는 만족을 위해서 질주하는 경향을 보인다. 그 같은 욕망은 신호등과 생명선이 있는데도 차도와 인도를 구분하지 아니하고 페달을 밟으려는 관성이 너무도 익숙했던 것이다. 혹은 나쁜 아니라 그리하여 후회하는 인생으로 전락하는 동지들이 저변에 많다.

세월이 나에게 말하기를, 물질적인 가난은 극복할 수 있으나 절망은 대안이 없다고 한다. 고민다운 고민은 바람직한 성공의 힘이 된다는 말이다. 사실 무턱대고 얻어지는 것은 없다. 쓸모 있는 생각이 아름다운 삶의 가치를 만드는 에너지가 되는 것이다. 산다는 것은 사는 것에 대한 노력을 해야 마음의 위안을 얻을 수가 있으며 불만족이나 미래에 대한 두려움까지도 조금은 해소가 가능하다.

살다보니까 요령도 생겼다. 나는 사행성 도박에 돈을 걸지 않는다. 주사위나 복권 따위에도 큰 운수를 기대하지 않는다. 애당초 이룰 수 없는 대박에다 목을 매달거나 집착하다보면 나중 모든 것을 포기하는 지경에 이르는 수가 있기 때문이다. 투자란 이익이 실현 가능한 곳에 던져야 한다. 성공은 쉽지 않지만 특별한 하루보다 조금은 빛나지 않더라도 내일이 더 나를 들뜨게 한다.

1969 아폴로 우주선(암스트롱)이 처음 달에 착륙했다. 그때 과학자들은 21세기야말로 첨단과학이 꽃피는 시대가 될 거라고 예언한 바가 있다. 그리고 2020년쯤에 과학문명의 절정기가 도래한다는 것이다. 과연 족집게 예언이다. 그땐 도무지 이해할 수 없는 실언이라고 생각했으나 오늘날 눈부신 과학을 향유한다. 손가락 하나만 가지고도 원하는 만큼 얼마든지 편리하게 살 수 있는 이른바 터치(touch)문화 속에서 우리는 삶의 정점을 지향하고 점차 그 꿈을 다져가고 있다.

나도 예언을 하나 하고 싶다. 과학에 대해선 문외한이지만 머지않아서 로봇(robot) 과학이 사회의 주역으로 나타날 공산이 크다. 물론 산업현장에서 이미 중요한 역할을 수행하고 있긴 하나 앞으로는 공장에서뿐만 아니라 사회 전반에 걸쳐 인간에게 제공되는 편리함이 많을 것으로 본다. 가령, 앞으로는 가만히 앉아서 로봇이 가져다주는 밥을 입맛대로 먹을 수 있을 것이며 목욕도 시켜주고 그야 청소도 잘할 테고 뭐든지 필요한 물건들을 요구하면 하는 대로 척척 대령할 것이다. 그리고 심부름뿐만 아니라 우리의 즐거움과 슬픔, 고민까지도 충분히 헤아려 주는 인간의 DNA 복제판이 부착된 휴먼로봇(human robot)이 나올 수도 있다. 이른바 그런 것들이 나를 들뜨게 만든다.

나는 요즘 서울의 복잡한 교통체증에 불만이 많다. 인구도시집중화에 따른 불가피한 현상이라곤 하나 정말 짜증나는 일들이 많다. 시간 낭비도 낭비지만 공해에 찌든 매캐한 도시가 싫기 때문이다. 그래서 말인데, 어서 무공해 로봇택시가 나오면 좋겠다는 생각을 한다. 로봇택시란 차량이 일정한 가상궤도를 따라서 소음이나 떨림도 없이 질주하는 것을 말한다. 엉뚱한 생각이라 할지 모르지만- 지금의 서울시도로 교통망이 그 같은 로봇시스템으로 바뀐다면 서울은 청정도시요 행복도시가 될 것이다. 어쨌거나 지금 서울은 만원이다. 지금보다 확 달라진 새로운 유토피아 서울에서 로봇택시 타고 허공을 달려보고 싶은 것이다. 그것이 내가 들뜨는 이유다.

그렇다. 나는 미래과학의 예술 세계에 들떠 있다. 그러나 내 생전에 그런 호강이 있을 것 같지 않기에 문제다. 꿈이야 야무지지만 한마디로 말해서 나에게 기다릴 만한 여유가 없기 때문이다. 나이로 보나(아니다, 가능할 것 같다. 2044년이 딱 100살이니까.) 능력으로 보나(아니다. 아직도 윗몸 일으키기 30번 가능하다.) 공상에 지나지 않을 수도 있다. 그래서 유감이다. 다만, 나에게 중요한 것은 죽을 때 죽더라도 그 기다림의 미학이다. 그리고 오늘이 가장 좋은 날이라고 확신하는 용기다.

가난의 기적

꽃을 보면 부럽다. 탐스런 열매를 보는 순간 막무가내 훔치고 싶어진다. 내가 가장 절망할 때 나는 살고 싶었다. 내가 부자 되면 세상이 다 내 것인 것처럼 생각했다. 그래서 가난과 맞서서 굶주린 사자처럼 날뛰고 다녔다. 그런데 사실은 아무런 재미가 없었다. 세상에는 부자보다 가난한 사람들이 더 많다는 것을 알았기 때문이다.

해마다 자살의 충동을 느끼는 사람들이 많다 한다. 이따금 나도 죽고 싶은 때가 있다. 하지만 왜 나는 죽고 싶었는지는 잘 모른다. 하여튼 사람들이 나보고 똑똑하고 영리해서 험한 세상 사는데 문제가 없을 거라고 말했다. 천만에, 실은 내가 죽고 싶은 때가 바로 그때다. 그러나 차마 투신하지 못했다. 왜 나는 그런 용기가 부족했는지조차도 알 수 없다. 다만, 분명한 것은 나는 내가 미웠다.

누구나 목숨을 함부로 말할 자격은 없다. 그렇지만 부자가 목숨을 지탱해 주는 절대적인 조건이 아닌 것만은 분명한 것 같다. 지금 살고 있는 모든 사람들이 다 부자로 산다고 볼 수 없기 때문이다. 가난도 마찬가지다. 가난이 목숨을 만들지 못하지만 죽음으로부터 건져내는 근성이 있다. 당장 잘 먹고 치장한다고 해서 그것이 진정한 삶이라고 여길 수는 없다.

자살의 동기는 단순한 생각으로부터 생긴다. 사랑 때문에, 혹은 가난 때문에 죽을 수도 있다. 지나친 욕심도 자살의 이유가 된다. 순간의 잘못 때문에 평생 죄의식으로 살자니까 버티기가 힘들고 돌이킬 수 없는 길을 선택하는 것이다.

하지만 이 시간 자살을 꿈꾸는 사람들은 건방지다. 그들은 부유(더 많이 가지려는 욕구)한 사람들이다. 가난(물질적인 것뿐만 아니라)하고 허기진 사람들일 수록 죽을 기회도 없거니와 기력조차 없다. 그것이 가난의 위대한 미학이다. 가난이 나를 내쳤을 땐 서운했지만 악착같이 살도록 했기에 '존재'의 행운을 얻게 된 것이다.

웰빙 행복

사람들은 어떻게 하면 편하게 살 수 있을까. 혹은 어떡하면 더 재밌게 살 수 있을까 하고 고민한다. 그리고 세상에서 가장 주목받는 사람이고 싶어 한다. 그러다 보니 어떤 유혹에 잘 빠지게 되고 또 유혹하는 당사자가 되기도 한다.

요즘 TV를 켜면 먹을거리를 소개하는 화면이 자주 등장한다. 농어촌이나 도시의 변방에서 좀 소문이 나 있는 토속적이고 전통적인 고향 음식을 소개하고 지방의 생활모습까지 곁들여 소상히 알려준다. 뿐만 아니라 이제는 일본 중국은 물론 남미와 북미지역 그리고 러시아 유럽 등지의 세계 음식들도 그다지 낯설지 않을 만큼 그 신비함이 점차 벗겨지고 있다.

금강산도 식후경이라 했던가. 음식은 맛도 맛이지만 건강을 도모하고 생명까지 보존해 주기 때문에 그만큼 중요하다. 그래서 그런지 웰빙(wellbeing)이란 이름이 붙은 음식들이 어딜 가나 판을 친다. 그야 잘 먹고 잘 살자는 뜻이라고 하는데, 가족 간의 화목을 이루고 다른 사람과도 훈훈한 관계 속에서 풍요를 누릴 수가 있기에 우리는 맛을 찾아 부단히 노력하는 이유일 것이다.

음식은 포만을 준다. 그러나 욕구는 끝이 없다. 사회가 문명화되면 될수록 자아실현의 욕구가 거세진다. 그리고 더 고상한 삶을 얻기 위해서 투쟁을 시작한다. 사람은 다른 동물들과 달리 밥으로만 살아갈 수 없기에 한평생 치열해지며 나아가서는 목숨까지 거는 것이다. 물론 건전한 대립 양상은 발전과 성장을 도모하는 동력이 되지만 인생은 군림하는 자와 밑에 깔린 자 사이에 존재하는 계급 속에서 산다.

삶이란 이상과 꿈을 구현하는 것이다. 따라서 이상과 꿈의 실현은 가장 소중하고 빛나는 보람이다. 그것들이 아주 작은 일상적인 목표일지라도 지금의 나를 지탱해 주고 미래를 보장해 주기 때문이다. 이른바, 여자들은 아름다움에 대한 집착이 강하다 한다. 그리고 남자들은 명예에 대한 집착이 크다고 한다. 그래서 여자들은 자주 거울을 보게 되며 질투심이 강하고 남자들은 세상을 늘 가슴에 품고 산다 한다.

이제야 세상이 시끄러운 탓을 안다. 마음을 비우지 않으면 언제나 가슴은 용광로처럼 뜨겁고 주체할 수 없다. 하지만 권력이나 부귀영화는 잠시의 즐거움일 뿐이며 역대 무소불능의 자리에서 호령하던 사람 치고 불행하지 않은 사람이 없다. 혹은 하찮은 말직의 감투더라도 대개는 그 자리에 연연하여 과욕을 부리다 말년에 화를 자초한 것이다. 부자도 마찬가지였다. 우리나라 부자치고 손가락질 받지 않은 양반 봤는가.

성공은 하루아침에 만들 수 있는 염불이 아니다. 벼슬도 매한가지다. 준비된 사람에 의해서 만들어지며 그것을 사회가 받아들이고 그 시대가 인정해야 명실공이 성공이요 출세다. 그런데도 세상은 구린 사람들이 판을 친다. 학연이나 지연을 내세워서 관직을 사고파는 매판행위나 그 같은 허황된 생각이 문제다. 지금도 어디선가 약삭빠른 사람들은

'누이 좋고 매부 좋다' 식으로 끼리끼리 교감을 이루고 지향해야할 정의로운 삶을 외면한다.

날이 새면 아침이다. 하지만 지고 나면 삼라만상은 어둠으로 다시 덮인다. 우리의 생활이 항상 좋을 순 없다. 따지고 보면 기쁜 날보다 우울한 날들이 더 많다고 봐야한다. 요즘 로또복권 한 장이면 벼락부자가 될 수 있다. 성공의 가능성은 희박하지만 일주일 동안은 일말의 꿈이야 화려하다. 또 변화의 바람을 타고 줄을 잘 잇대거나 똑바로 서면 출세의 길이 열린다. 그래서 관운과 재운의 물꼬를 자기 쪽으로 트려하는 것이 범부의 욕심이다. 하지만 그럴지라도 우리는 그런 유혹을 뿌리쳐야한다. 안됐다 해서 실망도 하지 말아야 한다. 구름이 걷히면 청산이 보인다. 우리는 보편적인 진리를 믿어야 하는 것이다. 결국 이상의 구현은 실천이 문제다. 현재를 비관하지 말 것이며 당당한 인생관으로 자기를 개척해야한다. 살다보면 앞만 보며 살 수는 없다. 그러나 정도에서 아주 벗어나면 곤란하다.

행복의 미학

고구마는 감자를 부러워한다. 어쩌면 저렇게 복스럽게 생겼을까 하고. 감자는 오히려 고구마를 선망의 대상으로 보곤 한다. 와! 되게 늘씬하다 하면서-

나는 생선가게 앞에서 살이 통통한 고등어를 보면 고양이가 얼마나 환장할까 하는 생각을 한다. 그리고 과일가게서는 달콤한 단내가 약을 올리지만 천만에, 공짜로 허기만 채운다. 그러다 헛배가 부르면 나체 밀랍에 걸어둔 여성용 속옷을 유리창 밖에서 본다.

나는 그렇게 살아왔다. 포만하고 얼큰해지면 왠지 갈피를 못 잡는다. 느닷없이 공짜 돈이라도 생겼을 때 어안이 벙벙해지는 것처럼 아무리 냉정을 되찾으려고 발버둥을 쳐봐도 불안하며 초조하다. 아마도 행복에 익숙하지 못한 이유 같다. 행복은 늘 나에게 사는 이유를 말해줬지만 나는 귀담아 듣지 못한 게 아닌지...

돈은 좋다. 하지만 필요할 때 없으면 난감하다. 그렇다. 돈이 풍요의 자본이긴 하나 그것 때문에 범죄가 사회적 불안의 원인이 돼서 문제다. 고놈 돈 때문에 부자나 가난한 사람이나 모두 불행의 씨앗을 허리에 차고 살아야 한다. 부자라고 해서 근심과 걱정이 없을 수 없으며 가난하다고 행복하지 않은 것도 아닌 것이다.

신문에- 모 회장님께서 칼에 찔려 죽었다 한다. 도둑이 두려워 평소 창문도 없는 두터운 지하실 방에서 잠을 자곤 했는데 그만 강도가 해코지를 했다는 것이다. 돈이 많은 회장님께서 신변에 위험을 느낀 나머지 날마다 지하실에 숨어 지냈으나 강도가 용케 눈치 채고 침입하여 흉기를 휘두른 모양이다. 그리하여 부자는 죽고 가난한 범인은 평생 동안 감옥생활을 하게 되었다. 정녕 부자의 이승이 행복했다고 볼 수는 없는 경우다.

강도의 운명 또한 기막히다. 처음엔 강도 살인죄로 15년 형을 선고받았으나 출옥 1년 남겨두고 그만 탈옥하고 말았던 것. 그리하여 죄가 가중되는 바람에 20년 징역을 받게 되었다는 것이다. 그는 탈옥수가 돼서 전보다 훨씬 극도의 불안에 떨었다고 한다. 은둔행활 하면서 변장하거나 믿을만한 사람 외에는 접촉을 하지 않는다고 한다. 그리고 여차하면 도망칠 궁리를 하며 주차할 땐 가능한 맨 뒤에 세우고 잠자리 들 때도 항상 겉옷을 입고 잤다 한다. 그는 자유를 얻으면 행복할 줄 알았으나 오히려 불행했다고 털어 났다.

나는 일찌감치 집을 마련했다. 고대광실은 아니지만 우리 여섯 식구가 살기에 좋은 집이다. 그때 내 나이가 30 중반이었으니까 두 살 터울 아이들이 코스모스 군무처럼 도란도란할 때다. 그런데 웬 도둑과 치한들이 그리도 많았던지... 나는 가장으로서 가족을 위한 보호본능이 생겼다. 방 어딘가에 야구방망이를 비치해 뒀던 것. 그리고 방마다 굵은 창살(지금 그대로 있다)로 방범 망을 설치했으며, 그도 모자라서 가스총까지(여차하면 쏘라며) 아내에게 맡겼다. 그때 남들은 나보고 행복해 보인다 말했지만 웬걸 나는 불안하고 무지 초조했던 것이다.

고사에 이르기를- 남의 떡이 크게 보이는 법이라고 한다. 그래서 사촌이 논을 사면 배가 아픈 이유가 아닌지 모르겠다. 불행은 패배의식에서 기인한다. 더 말할 나위 없이 열등감은 불행의 종자며, 남의 행복이 지나치게 커 보이거나 혼이 빠질 정도로 좋아 보이면 그것이 불행의 씨앗이다. 행복이란 바람이 빵빵한 풍선처럼 언제 터질지도 모르고 언제 도망칠지도 모른다.

내 친구 중에 모난 놈이 하나 있다. 그는 한때 잘 나가던 놈이다. 그런데, 요즘 그를 보면 시골티가 너무 난다. 올챙이 시절에야 속살과 마음조차 터놓고 살았지만 성숙한 개구리가 되고부터 지성인답지 않은 교만이 자기 매너리즘에 곧잘 빠진다. 그가 한창일 때 나는 태양처럼 우러러 봤다. 하지만 그는 나에 대해서 고정된 앵글처럼 늘 초점을 아래에 맞춘다. 그리고 순수한 우정을 변증법적으로 재단하는 경향까지 보인다.

나는 도무지 이해할 수 없는 일에 당황한다. 친구이기에 욕할 일은 아니지만 모름지기 우정이란 등가개념이 아니며 유물론의 대상도 아니다. 진정한 우정은 허물을 덮어주고 이해하며 끝까지 인정해 주는데 있다. 서로 원수가 되지 않는 바에야 성에 차지 않는다 해서 함부로 무시해 버리거나 코드에 맞지 않는다 하여 멀리하는 것은 좋은 친구관계가 아니라고 본다.

행복은 만들어 가는 것이다. 친구를 잃으면 그만큼 손해고, 좋은 친구를 얻으면 그만큼 행복하다. 남을 아래로 보기에 앞서 자기를 먼저 돌이켜 봐야할 일이다. 서울大가 우리나라 명문大인 것은 사실이지만 괜한 우월주의는 상대를 기분 나쁘게 한다. 그리고 지나친 자기 과신이나 과시는 자신을 곤경에 처하게 만든다. 더구나 상대방 인격을 매도하는 일이야말로 스스로 패배를 자인하며 자폐증 환자처럼 나약함을 보여주는 것이다.

행복이란 가장 지향하는 선망의 대상이며 보이지 않는 아름다운 가치다. 우리가 은행나무처럼 서로 바라만 보고 있을지라도 다부지고 야무지게 살자.

행복 디자인

개는 반가울 때 꼬리를 세운다. 그리고 흔든다. 그것이 가장 아름다운 호감의 표현이다. 그리고 화가 나거나 두려움이 생기면 꽁지를 내리고 움츠리는 습성이 있다. 하지만 고양이는 반대다. 기쁠 때 내리고 화가 날 땐 올린다 한다. 그래서 개와 고양이는 상대방의 꼬리를 보고 극도로 흥분하며 경계하게 된다는 것이다.

우리가 산다고는 하나 제대로 사는지는 잘 모른다. 사는 방법이 서툴거나 몰라서 어떻게 사는지조차 분별을 못하는 까닭이다. 막무가내 돈만 모으면 훌륭한 부자가 아닌 것처럼 출세도 무작정 성공의 대명사가 되지는 못한다. 모름지기 부족함이 다 채워졌다고 행복하다 말한다면 그것이야말로 억지일 뿐이다. 산다는 것은 드라마 같다고나 할까. 역경과 눈물을 지우며 하찮거나 작은 일일지라도 그것에서 보람을 얻고 위로를 받는 것이다.

누가 '산은 절을 품고 절은 산에 안긴다.' 했다. 산은 절을 통해서 경험을 얻으며 절은 산을 빌리어 기품을 더한다는 의미 같다. 하지만 산은 있으나 절이 없는 동네가 수두룩하다. 바다에 살아도 평생 동안 고래를 못 보고 죽는 사람이 있는가 하면, 육지에 살면서 고래를 볼 수 있는 행운도 있다. 참으로 절묘한 세상이란 산보다 크지 못할 리 없고, 바다보다 깊지도 않을 리가 없다는데 있다.

성공해서 옹골차게 살아도 인생은 늙는다. 조금은 지고 산다한들 그리 손해 볼 것도 없지만 기왕지사 몸에 좋은 안주에다 고급 양주를 마신다면 좋기야 하겠는데, 생각에 따라서는 묵은 김치에 막걸리를 마셔도 기분이 좋은 것은 마찬가지다. 팔자란 늘어져봤자 돗진갯진 아닌가. 행복바이러스는 지천에 깔려 있다. 당장 못 산다고 아주 불행한 것은 아니므로 실망할 일이 아니다.

어떤 꼬맹이가 대문 밖에서 틈사이로 입을 뾰족이 대고 말을 걸어온다. 혹시 야구공을 못 봤냐는 것이다. 나는 내심 혼내줄 궁리를 하면서 (아내가 대문을 나서는 순간 느닷없이 눈탱이를 멍들게 한 사건이 있기에) 두리번거리다 용케 마당 저쪽 대추나무 아래에 숨겨진 물컹한 공(사실은 테니스공) 하나를 집었다. 그런데 그 꼬맹이가 내 노기에 겁을 먹었던지 잔뜩 주눅이 들어 어찌할 바를 모르는 거였다.

'너 철이 동생 아니냐?'

고개를 끄덕댄다. 그렇다면 그 애는 우리 아들 친구의 동생이다. 나는 태도를 바꿔서 잘 타이르며 공을 돌려줬다. '지난번에 아줌마가 이 공에 맞았거든, 그러니까 앞으론 주의해서 놀아주면 참 좋겠네.'하고 말하자 '예' 하더니 쏜살 같이 사라지는 것이었다.

철이 동생이 사라진 골목은 조용하다. 그리고 그 후 지금까지 한 번도 그 애들을 본 적이 없다. 나는 이따금 쓸쓸해진 골목에서 그 아이들의 행복을 내쫓아버린 죄책감에 사로잡히곤 한다. 사실은 우리 아이도 이 골목에서 대장노릇하며 자랐기에 미안함이 크고 나로 인해서 쫓겨난 철이 동생만큼이나 나의 행복도 잃어버렸다.

그나저나 집이 참 좋다. 늘그막에 갈 곳은 집 뿐이다. 더구나 요즘은 아내로부터 금연의 보너스가 짭짤하다. 나는 오늘도 쌀로 만든 뻥튀기를 바삭대며 이 글을 쓴다.

글을 쓰되 또 고민이다. 솔직히 말해서 멋지게 살고 싶은 욕심 때문이다. 이 담에 더 늙더라도 수 십 미터나 되는 지하철 계단을 충분히 오르내리며 영화 구경도 다니고 외식도 하고 싶다. ㅋㅋㅋ... 그리 될지... 이따금 아내 몰래 수영장에 가서 청춘을 과시하며 매력적인 이성을 유혹하고 싶기도 하다.

그리고 부르면 단박에 달려오는 친구 하나 있으면 좋겠다. 나이 들수록 아무 때나 바둑이라도 둬줄 곰탱이 같은 녀석이 곁에 있으면 더 좋겠다. 내가 날마다 져도 괜찮다. 그깐 커피 한잔이 대순가.

행복을 찾아서

행복을 찾아서 선비가 길을 나섰다. 어디쯤 가고 있을 때 가난한 초가집에서 함박웃음소리가 난다. 선비는 발을 멈췄다. 그리고 문틈 사이로 방 안을 구다 봤다. 세살쯤으로 뵈는 아기의 재롱에 온 집안 식구들이 그토록 웃고 있었던 것.

'주인장, 그 아기 3일 동안만 나와 함께 살도록 허락해 주시오.'

선비가 간청했다. 그리하여 선비는 집에 와서 식구들을 다 모으고 아기의 재롱을 기다렸다. 그러나 하루가 지나고 이틀이 되어도 아기는 웃지 않았다. 똥 싸고 오줌 싸며 울기만 했다. 잠도 자지 않았다. 선비는 근심이 되었다. 물론 식구들도 불안하긴 마찬가지였다. 3일이 돼서, 선비는 고생만 죽도록 하다가 아기를 데리고 다시 왔다. 그러자 그 아기는 집에 도착하자마자 가족들 앞에서 온갖 재롱을 부리는 거였다. (민담)

행복은 삶의 가치다. 삶을 윤택하게 만들고 좋은 본보기를 제공한다. 행복은 크대서 좋은 것이 아니다. 작아도 아름답고 빛이 강하며 향기도 짙다. 행복은 귀한 것도 아니요 흔한 것도 아니다. 천한 것은 더더욱 아니다. 멀리 있지도 아니하고 가까이 있으나 쉽게 찾을 수 없는 불가사의한 것이다.

행복은 공평하다. 그러나 바람과 같은 것이다. 누구나 소유의 권리는 있으나 등기의 권리는 없다. 그러므로 행복은 향유할 수는 있지만 붙잡지는 못한다. 왜냐하면 행복이란 바람난 풍선과도 같은 것이기 때문이다.

행복은 나를 볼 수 있다. 하지만 나는 행복을 볼 수가 없기에 불행과 공생하는 악연이 생긴다. 행복을 찾아서 나설 수만 있다면 그것도 좋은 행복이다.

행복의 전설

매년 연말이 되면 양로원이나 고아원을 찾는 수많은 사람들을 보게 된다. 지금까지 살면서 단 한 번이라도 그런 선행을 베풀어보지 못한 나로서는 먼발치 객석에 앉아 왈가왈부하는 것 같아서 죄송함이 앞선다.

요즘 어떤 인기 여배우가 수년 동안 익명으로 기부한 것이 뒤늦게 알려져 화제다. 다름 아닌 세간의 이목을 받고 있는 그 미담의 주인공은 국민여동생 '문근영(배우)'으로 알려졌다. 벌써 수년 전부터 기부의 천사로서 어려운 사람이나 단체를 도왔으며 기부금액만도 거의 10억여 원이나 된다고 하니까 대단한 정성이라고 봐야할 것이다.

TV에 '119 아줌마'가 뜬다. 당차고 야무진 미모의 아줌마가 소형 오토바이를 타고 다니며 독거노인들을 정성껏 돌보는 장면이다. 나는 감동에 젖어서 나도 몰래 눈시울이 붉어지고야 말았다. 자기 몸조차 부실한 처지에, 더구나 가난한 살림살이에도 불구하고 남을 돕는 모습이 정말 따뜻하고 아름다운 이웃처럼 느껴졌다. 돕는다는 것, 요즘처럼 각박한 처지에 남을 위한 봉사활동이나 기부행위야말로 천사표 같은 덕목이 아닐까 싶다.

올해도 어김없이 추위와 굶주림이 찾아든다. 지금도 음지에서 굶주

림과 싸우며 혹한에 떨고 있는 동지들이 있을 것이다. 다른 사람들은 송년파티다 뭐다 하는데 집도 절도 가족조차 없는 노숙자들은 거적을 뒤집어쓰고 병들었거나 허기진 몸으로 밤을 보낸다. 부모가 없는 아이들도 부지기수다. 남의 도움 없이는 도저히 살아갈 수가 없는 노약자들도 많다. 그들 중에 꿈과 희망을 잃고 자살을 기도하는 사람이 있을지도 모른다.

가난이 죈가. 하지만 죄라고 하는 사람들도 있다. 아무튼 가난한 사람들은 상대적 빈곤과 박탈감에 가위눌려서 숨통이 막힐 지경이다. 소수의 부자가 다수의 빈곤한 계층들에게 무능력을 탓하고 혐오의 대상처럼 비웃으며 동냥은커녕 함부로 쪽박을 깬다. 그래서 우리 사회는 분노하고 있다. 꼭 부자들 때문이라고 볼 수는 없지만 그런저런 이유로 불만이 들끓고 있다.

부의 창출은 혼자서 만들어내는 성공작품이 아니다. 누군가 도와준 사람이 있거나 무엇인가의 도움이 있었기에 가능했던 것이다. 우리는 두 손과 두 개의 눈으로 완성을 추구하며 산다. 그러나 손 하나만 가지고도 살 수가 있다. 눈 하나만으로도 가능하다. 이 세상에는 심장을 떼어서 인명을 구하는 귀인도 있다는 사실에 주목할 필요가 있다.

황홀한 외출

나는 과일 몇 개 주섬주섬 배낭에 챙겨 넣고 집을 나섰다. 간밤의 좋은 꿈을 곱씹으며 산에 오르는 심마니마냥 가슴이 뛴다. 가출이 처음 아닌데도 왠지 10년 전이나 20년 전과도 다를 바가 없다. 그만큼 나로서는 봄바람에 흔들대는 들판의 민들레처럼 하루를 달구는 절호의 기회가 된다.

남이섬 주차장에서 진행요원이 회원들에게 비표를 나눠준다. 왼쪽 가슴에 달고 초등학교 저학년 아이처럼 산만한 동작으로 줄에 섰다. 누군가 '정촌 선생님 안녕하십니까?'하고 인사한다. 반갑긴 하나 멋쩍기도 했다. 나는 얼른 그의 왼쪽 가슴에서 '글사랑'이란 ID 이름을 보고 화답했다. '글사랑님 반갑습니다.'고-

그런데 남이섬은 관광객의 관심을 끌어 모으기 위한 방법으로 '나미나라 공화국'이란 하나의 축소된 국가적 시스템으로 관리하고 있었다. 출입국관리사무소에서 1)비자(이용권)를 발급하고 2)입국심사대 통과해야 하며 3)단기여권(1년)과 국민여권(평생이용권)를 발행하고 있었다. 참 신선한 발상이란 생각이 들었다.

선착장에서 섬까지는 빤히 보이는 거리다. 춘천시 남산면 방하리에 붙어 있는 땅콩 밭이었으나 홍수 때만 섬이 되었다가 청평댐(1944)이 축조되면서 온전한 섬 모양을 갖춘 여의도 5분의 1정도 크기라고 한다. 나는 이곳이 조선시대 남이장군의 유배지인 줄만 알았으나 정적이던 유자광의 모함으로 처형되어 이곳에 안장되었다는 것이다. 그런 연유로 남이섬이란 이름을 붙이게 되었다 한다. 우리는 펑퍼짐한 잔디밭에 자리를 잡았다.

　음악이 없어도
　어른이 아이가 돼서 뛰고 달리며
　나비가 아니어도 나비처럼 강 위에 서 춤을 춘다.

　족구는 멀리 차는 것보다 헛방이 더 신난다. 우리는 서로 호흡을 대본 일도 없지만 남여가 가슴과 배로 부딪쳐서 고무풍선을 거침없이 터뜨리며 부끄럽지 않게 어깨동무하고 달리다 넘어지기도 했다. 보물은 찾지 못했으나 기대하는 동안 기분이 멋져버렸다. 즐거운 식사시간이 끝나고 누군가 노래를 부른다. 라이브 콘서트는 생음악만 흐르는 것이 아니다. 나이가 많고 적고 떠나서 즉흥적인 장기, 개그, 춤도 펼쳐진다. 그리고 문학이 그 끼를 잠재우며 대미를 장식한다.

　남이섬에 시가 흐르고- 흐르는 동안 사람들은 모조리 시의 바다 한가운데 침몰한다. 그래서 '나미나라공화국'은 '문학독립국가'가 되었다. 사실은 문학도 예술이다. 문학 속에는 삶을 최상으로 이끌어주는 진선미가 존재하기 때문이다. 인간의 희로애락이란 과학이나 경제만으로 풀 수 있는 수준이 아니다. 문학이 문학을 통해서 인간에게 제대로 사는 유익한 방법을 제시하며 행복을 규명해 준다.

　상(賞)이란 세상 이치로 따진다면 1등이 최고다. 하지만 우리는 '아차상'에 더 많은 박수를 보냈다. 그리고 인기상 수상자에게는 동아리 홍

보대사로 임명했다. 보물찾기에서 세 개나 찾은 K씨는 억수 재수가 좋은 사람으로 선정되어 그가 즉석에서 쾌히 금일봉을 내놓았다. 그러나 돈도 돈이지만 최근에 펴낸 처녀시집 '달팽이 연가'를 일일이 한 권씩 증정한 일이 퍽 좋았다.

내 평생 또 이런 기분 좋은 일이 있을까. 하루가 무당의 춤사위처럼 울긋불긋 너울댄다. 시작보다 끝이 더 설레고 달콤하다는 사실도 알았다. 비록 우리들은 카페에서 글을 통해 만난 문우들이지만 스스럼없이 추억을 만들며 행복을 공유했다. 잊지 않으리라, 오늘을 잊어 버리지 않을 것이다.

아주 작은 회고록

　누구나 가슴에 꿈을 새긴다. 나는 그것에 대한 기적을 기대했다. 아무리 하찮은 꿈일지라도 이루어질 확률은 그다지 많지 않다는 것쯤이야 이미 아는 바지만 그럼에도 나는 다른 사람들처럼 꿈에 대한 열정을 포기하지 않았다. 그것이 지금까지 내가 살아가는 명백한 이유다.

　이름 하여 문학이 돈과는 거리가 멀고 시인이나 수필가가 된다고 해서 팔자가 엿가락처럼 늘어지는 것은 절대 아니다. 다만 생각이 서로 비슷한 사람들 끼리 취미를 공유함으로써 풍요로운 삶의 가치를 지향한다 할까. 아무튼 우리는 마로니에 찻집에서 의기투합했다. 비오리, 해보리, 거봉, 추보, 정산, 정촌, 시몬, 요맥, KWK, 풀입소...등과 뭉쳐서 '방실회'란 패거리를 만들었던 것.

　'방실회'는 7:3이다. 하지만 3:7인 소수의 여성이 언제나 남성을 리드해 간다. 불문율이긴 하나 우리는 어떠한 경우라도 명예나 이익에 집착하지 않으며 여성을 예우한다. 따라서 대표자도 여성이요 총무도 여성이 맡는다. 그분들이 평생 동안 그 직을 유지하는 것이므로 전무후무한 유례가 아닐지... 아무튼, 회원들 중에는 박사, 교수, 선생님, 공직자, 사장 등 백수에 이르기까지 나름대로 사회적인 각자의 역할을 수행하면서 이미 시인이거나 수필가 또는 소설가로 활동이 활발한 중

견작가만도 열 명 중 여덟 분이나 된다.

우리는 가난을 행복으로 여긴다. 좀 이상하다 싶을지 모르지만 여태 모아둔 적립금이 없으며 회비를 내지 않았다 해서 재촉하는 법도 없다. 그리고 출석율도 70% 이상 양호한 편이다. 만나서 안건을 토의하거나 계획하는 일도 별로 없는데 그간 일들은 일 년에 한두 번으로 가능하기 때문에 그냥 짧은 웃음으로 즐기다 헤어진다. 그래서인지 우리는 서로 보기만 해도 좋은 것이다. 생기가 넘치고 나이까지 잊은 채 거리를 배회하고 싶은 충동을 느낀다.

우리가 만난 지도 근 20년, 이제 고우가 다 됐다. 웬만한 농담은 척척 넘길 정도고 궁둥이를 비비거나 손등을 매만져도 아무렇지 않을 만큼 근친관계라고나 할까. 그렇다고 오빠도 아니고 동생도 아니기에 사생활에 대한 예의만큼은 깍듯이 존중하는 아주 편안한 사이다. 가령, 지금 내가 '우리' 이야기 하면서 속살을 다 들어내지 않고 겉포장만 뜯어 보이듯이 지나치게 관념적으로 이어가는 것은 순전히 그런 의미도 있다는 것을 이해 줬으면 좋겠다. 하여간, 그동안 고락을 함께 하면서 배꼽 빠지는 일도 많았다.

젊음이 들끓는 곳, 지금도 마찬가지지만 대학로 마로니에는 공원이라기보다 광장으로 이해하는 것이 현실적이다. 거기에는 야외무대가 있다. 그 무대를 중심으로 거리악사들과 거리화가들이 부지기수다. 그리고 점보는 이동 철학관이 즐비한 데다 우리나라 연극의 메카다. 하여, 그곳은 늘 풋풋하고 부산하며 젊음의 상징이기도 하다. 우리는 황금 같은 인생의 멋을 그들과 함께 누렸다. 박수치고 춤도 추고 마로니에서 점괘도 보며 연극도 감상했다. 그리고 커피를 마시고 막걸리와 소주도 마셨다. 안주라고 해봤자 오징어, 파전, 두부부침 정도가 고작이지만 낭만을 찾아서 골목을 누볐던 것이다.

하지만 우리들의 문화욕구는 그것으로 끝나지 않았다. 계절마다 산에 오르며 건강을 도모하고 자연과 교감을 통해서 인생을 터득하는 기회로 삼았다. 특히 추운 겨울에 백운산을 등정했던 야간산행은 잊을 수가 없다. 호가 정산(靜山)인데 하필 그분께서 삭은 막대기에 몸을 의지하고 질질 끌면서 샛길로 빠져 하산했던 일은 지금 생각해도 절로 웃음이 터진다. 살다보면 이따금 고상한 척 할 때가 있다. 흔히 냉수 마시고 이빨을 쑤시는 이유가 고상한 척 하는데서 기인한다. 우리도 젊은이들 틈에서 기백을 뽐내며 그들처럼 행세 했던 것을 솔직히 고백하는 바다.

이제 우리도 60 넘었다. 코앞에 뒀거나 훨씬 넘긴 이도 있다. 그러나 감성적 동지라고나 할까. 정신연령은 동갑이다. 미래의 안목이나 지향하는 바가 같기에 서로 의지한다. 때문에 우리는 한 사회 안에서 한 시대를 살아가는 동기로서 삶의 정점을 향하여 가는 것이다. 하지만 우리에게도 고민과 시련이 있다. 말하자면 '행복을 공유하는 것과 불행을 분담하는 것.' 바로 그것이 우리들의 화두요 명제다.

터놓고 말해서 우리 나이에 새로운 친구를 만나기는 어렵다고 봐야 한다. 사귀자면 그만한 시간과 투자가 필요하고 그 情이 곰삭혀지기까지는 산도 넘고 강도 건너야 하기 때문이다. 우리는 정말 행복한 관계다. 나로서는 더할 나위가 없이 늘 어깨에 별 하나 달고 사는 기분이다. 그리고 한의학 박사라는 긍지로 산다. 그뿐 아니라 때로는 교수처럼 의연한 태도로 세상을 보기도 한다. 비록 나는 미천할지라도 내 주변에 그런 분들이 있기에 대리만족을 느끼며 자부심으로 사는 것이다.

하지만 우리는 늘 행복한가. 그렇지는 않다. 장난 같은 말이지만 우리 모두가 어깨에 별 하나쯤 달고 산다면 얼마나 좋을까. 다 한의학 박사이거나 교수라면 그 이상 보람이 없겠지 하는 생각도 해본다. 우리가 부질없다 하면서 집착하는 것은 영혼의 본능일지도 모른다. 아무튼, 다 같이 부자로 잘 살면 좋겠는데 그마저 불가불(不可不)로 여겨지기에 고민의 대들보가 되는 것이다.

정말 내가 할 수 있는 것은 기도뿐이다. 건강이 부실하여 투병중인 친구를 도울 수 있는 것이라고는 간절한 기도 밖에 없다. 직장을 잃은 친구에게도 유일한 위로는 기도다. 돈이 필요한 친구에게도 마찬가지다. 그들의 근심과 걱정을 내가 무엇으로 해결해 줄 수가 있단 말인가. 기도하는 바다. 우리가 약속했던 '종신회원'과 '종신회장'으로서 아름답게 얼기설기 누리다가 이 세상에 아주 좋은 선례를 남기기 바란다.

아름다운 노인으로 사는 법 13가지

운명은 고칠 수 있다. 언제 죽고 살고는 하늘의 뜻이지만 지금보다 더 아름답게 사느냐 마느냐는 본인의 의지에 달렸다. 길다 보면 길고 짧다고 생각하면 짧은 인생, 기왕 건강하고 보람되게 기쁘고 아름다운 노인으로 살자.

1) 너무 아는 척하지 마라.

지난 삶을 함부로 자랑하지 마라, 아무리 근엄한 말일지라도 반복하면 싫다. 손아랫사람이니까 모를 거라는 전제하에 설명하려 든다면 '너나 잘 하시오!'하고 거부하며 충돌이 생기기 일쑤다. 그러므로 권위를 버려라.

2) 욕심 부리지 마라.

욕심은 인생의 짐이다. 부지런히 덜어내기 연습하며 살라. 부족함을 다 채우기에는 아주 힘이 부치고 부질없다. 남을 크게 돕지는 못하더라도 최소한 양보하거나 베푸는 마음으로 살면 '고맙습니다.'고 인사를 받을 것이다.

3) 용기를 가져라

용기는 삶의 좋은 에너지다. 늙어서 다 틀렸다고 생각하는 순간 당신은 이미 소외의 대상이며 관심으로부터 멀어진다. 그러나 모진 어려움을 딛고 당당하게 일어선다면 '장하십니다.'며 아낌없이 칭찬을 받게 된다. 도전하는 정신이 승리한다.

4) 꿈도 가져라

의욕은 삶을 연장시킨다. 그리고 야심찬 모습은 언제 봐도 아름답고 믿음직스럽다. 문제는 어떻게 선용하느냐에 따라서 목표는 달라지며 최선을 다해서 얻은 결과에 모든 사람들이 '참 좋겠군요.'하고 선망의 눈초리로 보게 된다. 세상은 넓다.

5) 일하라.

노동은 살아 있는 동안의 의무다. 힘이 부치고 둔하며 패기마저 예전과 다르긴 하나 부지런한 사람은 슬퍼할 겨를도 없다. 일이란 쌓아두거나 어디로 가져가기 위한 수고가 아니다. 일 그 자체가 삶의 보람이기에 남의 일도 내 일처럼 잘 돌봐주면 '감사합니다.'고 다시 부탁하게 된다.

6) 건강을 유지하라

굶지 마라. 과식도 하지 마라. 건강이 부실하면 가정의 화목과 평화가 깨진다. 할 수만 있다면 혼자서 씩씩하게 걸어라. 생기가 넘쳐 보여서 보는 이들마다 '부럽습니다.'며 박수친다.

7) 문화를 향유하라.

문화는 삶의 척도다. 오래 살기보다는 아름다운 삶을 고집하라. 새로운 문화는 삶을 윤택하게 만든다. 혹은 가난하더라도 인생을 즐기면 자연 장수에 이르며 만나는 사람들마다 '멋져 보이십니다.'고 부러워하게 된다. 다만, 무리는 하지 말자.

8) 적을 만들지 마라.

친절한 노인이 되라. 좋은 친구가 많으면 그만큼 인생이 화려해진다. 그리고 멀리 도망친 사람들조차 다시 찾아들고 당신을 신뢰할 것이며 당신의 말에 '예, 알겠습니다.'하고 동의할 것이다.

9) 화장하고 명품을 입어라.

지금은 개성화 시대다. 얼굴이 좀 모자라거나 키가 작아도 자기만의 매력으로 사람들의 호감을 얻을 수 있다. 그리고 화장을 한 다음 단정한 옷차림으로 씩씩하게 걸어라. 사람들이 '아름답습니다.'고 칭찬할 것이다.

10) 쌈짓돈은 노인의 힘이다.

아이들을 매수하라. 손자들이 따르면 며느리가 좋아한다. 그리고 비자금이 있어야 주변에 사람들이 맴돈다. 없어도 있는 척이라도 하라. 공연히 없는 시늉하다가 귀한 사람 다 놓치고 나서 후회하는 수 있다.

11) 효심을 사양하지 마라.

어떠한 경우라도 부끄럽지 않은 아버지였음을 숨기지 마라. 혹은 자랑할 게 없다 할지라도 지금까지 정성껏 키워준 것만으로도 충분하다. 언젠가 철이 든 후에는 '존경합니다.'고 고개 숙일 것이다.

12) 젊은 사람들에게 세상을 다 넘겨주지 마라.

그들에게 주는 순간 당신은 천덕꾸러기 신세다. 춥고 배고프고 괄시당하는 노인이 되지 않으려면 당신에게 죽을 때까지 필요한 영토와 양식이 있어야 한다. 만약 평생 모은 전 재산을 누구에게 다 줬다면 당신은 그날부터 거지다.

13) 가장 강력한 후원자는 배우자다.

늘 보살펴라. 돈만 알아서 요망지게 살아도 누구 하나가 먼저 죽고
나면 허사다. 나이 들수록 따뜻한 관심이 노년의 행복을 지켜준다. 가
능한 몸 성할 적에 자주 외출하고, 외출할 땐 둘이서 손잡고 걸어라.
누가 보더라도 '멋지십니다'고 말할 것이다.

4부 정처없이 거꾸로 흐르는 강

숭례문(崇禮門)/ 나로호/ 선거/ 논쟁(論爭)/ 과반수/ 대통령/ 황금률/
노가다/ 독백/ 연습하지 마라/ 독도 망언

숭례문(崇禮門)

말과 글은 민족의 신분증이다. 그렇다면 문화재는 민족의 얼이요 그 시대의 예술이라고 말할 수 있다. 예술의 가치는 더욱 청사에 길이 남아서 빛으로 아득한 역사를 구현해 낸다. 그런데 차라리 꿈이었으면 좋겠다. 숭례문(남대문)이 다섯 시간 동안 화마에 휩싸여 몸부림치는 저 처참한 모습을 차마 더는 눈뜨고 견딜 수가 없었다. 하지만 현실이다. 아무리 발을 굴러대도 국보는 처절하게 무너져 내렸다. 6백 년 동안이나 조선시대 도성의 정문으로써 온갖 국난과 시련 속에서도 위풍당당하던 우리 겨레와 민족의 자존심이 허망한 잿더미가 되고 말았다.

이제 본래의 숭례문(崇禮門)은 없다. 복구하는데 3,4년 걸리고 2백50억 원 정도가 소요된다고 하나 그렇더라도 태조 때 창건(1369)한 국보1호로서는 존재하지 않는다. 아무리 좋은 기술과 훌륭한 솜씨로 다시 만든다 해도 원형이 될 수는 없으며 영혼도 되살려 낼 수가 없기에 뼈가 저리도록 억울한 것이다. 더구나 빤히 보면서 손 한 번 제대로 써보지 못한 처지라서 더더욱 살점이 아리고 아프다.

왜 나라 팔아먹은 사람만 죄인인가. 태양은 아침에 다시 떠오르지만 하나 밖에 없는 소중한 생명은 다시 태어나지 않는다. 모든 생명은 바람에도 아픔을 느끼며 죽음의 문턱에서 더 큰 참담한 두려움에 직면한다. 이번 소행의 범죄자는 지울 수 없는 역사의 죄인이 될 것이다. 그리고 문화재를 관리하는 당국과 이에 관계된 사람들이 온 국민에게 실망감을 주었다. 진화하는 과정에서 세심한 준비조차 없이 마구 물대포만 쏴대는 것을 보고 안타까운 심정 가눌 길 없었다.

우리는 5천년 역사를 자랑으로 여긴다. 그리고 단일민족의 자긍심으로 우월성을 강조해 왔다. 더러는 외세에 설움도 당하고 이따금 동족끼리 내홍도 겪기야 했지만 모진 풍상을 거치면서 성장해 왔던 것이다. 때문에 우리 것 중에 소중하지 않은 것이 없다. 비록 하찮은 티끌 한 톨일지라도 그것은 우리의 몸이요 생명이다. 앞으로는 여하 간에 이번 같은 재앙이 닥쳐서는 안 될 일이다.

아파서 누워있는 국보1호, 마음까지 그을린 저 몰골에 바치는 백합 한 송이가 위안이 되는지, 사람들의 정성으로 다시 일으켜 세우면 정말 예전처럼 근심 다 부리고 자상하게 마음을 터 주실 수나 있을지- 자꾸만 두렵고 떨린다.

나로호

'완벽'이란
더 이상 채울 것이 없는 것이 아니라
더 이상 뺄 것이 없다는 의미라고 한다.

2009년(8/25) 우리나라에서 처음으로 인공위성을 발사했다. 나로도 섬에서 발사했대서 '나로호'다. 나로호는 우리나라 인공위성 최초의 우주선으로써 무게 140t 키 33m라고 하니까 아파트 12층 높이 정도 되는데 그 육중한 몸이 굉음과 함께 하늘로 솟구치는 장관을 전남 고흥군 봉래면 나로섬에서 펼친 것이다. 그야말로 우리의 희망을 쏘아 올린 통쾌한 일이다. 우리나라가 우주항공개발에 뛰어든 지 17년 만에 비로소 우주왕국으로 우뚝 서는 계기가 되었다.

그러나 환호성을 지르며 박수치는 것도 잠시일 뿐 잔치는 다시 시작해야했다. 발사 9분에 양쪽 페어링(위성보호덮개)이 동시 분리돼서 대기권 밖으로 빠져나가 지구랑 통신이 이루어져야만 하는데 불행하게도 우리의 기대와 관심에 부응하지 못했다. 페어링이 한쪽만 분리되었기 때문이며 중심을 잃고 정상 궤도를 진입하기 위한 속도를 얻지 못하는 바람에 나로호는 우주의 미아가 되어버린 것이다. 참으로 불행한 일이 벌어졌다. 어찌 보면 국가적 대형 참사가 아닐 수 없으나 그나마 발사는 성공했으므로 절반의 성공이란 수식어로 위안을 삼을 도리밖에 없다.

사실 조마조마 기대한 바가 컸다. 무려 여덟 번이나 발사를 연기하는가 하면 카운트 7분을 남겨두고 돌연 취소하는 촌극이 연출되기도 했다. 우주센터 변명은 완벽을 지향하다 보니까 그렇게 됐다고 하지만 협력관계인 러시아 우주국과 기술적인 갈등이 원인이라는 소문도 있었다. 아무튼 이번 실패로 우리가 입은 손실이 너무 크다. 나로호(1,2) 제작비용이 약 8천억(러시아 기술이전비용 별도)이라고 하니까. 엄청 많은 돈이며 이번 실패로 순수 손실만도 약 2천억 정도 추정하고 있다.

그러나 우리는 누구를 탓하거나 원망하지 않았다. 워낙 큰 미래의 국가사업이고 어려운 첨단기술이라서 그쯤은 이해하고 있었던 것이다. 혹은 북한의 대동호보다 앞서야 한다는 무조건적인 국방 의지가 그 어느 때보다 강렬했는지도 모른다. 암암리에 일본 중국 러시아 등 주변 강국들을 견제하는 자생력의 필요성이 이심전심으로 통했는지도 모르겠다. 우리는 조용히 그리고 냉철하게 주시하며 꼭 성공을 기대한다.

우리는 도전해야 한다. 내년 1월(2호) 다시 발사예정이긴 하지만 한 치의 흐트러짐도 없이 과학의 총력전으로 우리 능력을 세계에 보여야 한다. 나로호는 우리의 희망이다. 희망을 쏘아 올림으로써 우리 위상이 한결 높아지고 후세에게 좋은 유산이 된다.

선거

선거는 참정권이다. 만 19세 이상이면 누구나 평등, 보통, 직접, 비밀 선거의 권리를 가진다. 선거는 무승부가 없다. 오직 1등을 위한 정글의 법칙이 존재할 뿐이다. 그러다보니 민주주의 꽃이라고 하는 선거가 선동적이고 불법적인 경우가 허다하다. 종회무진 유권자들 사이를 파고들며 영악하게 회유하거나 포악한 척 협박도 한다. 역대 선거는 돈 싸움이라고 해도 과언이 아니었다. 선량한 유권자를 상대로 선심용 공약, 네거티브 공세, 상대방 흠집 내기 등 선거분위기가 혼탁했다.

투표는 신성한 주권행사다. 하지만 의미적 해석으로는 선거란 미래를 선택하는 축제며 문화다. 다시 말해서 최고의 가치를 창출하는 성숙한 시민의식이요 역량이다. 그러므로 선거는 공명해야한다. 어디까지나 유권자에 대한 약속을 기만해서는 안 된다. 이기기 위해서 교묘한 수단으로 삼아서도 아니 된다. 좋은 선거풍토는 남을 배려하는 것이기도 하지만 자기 자신의 행복을 만드는 과업이기 때문이다.

진심은 우주와도 통하는 법이다. 때가 묻은 영혼을 담보로 해서 세계를 움직일 수는 없다. 진실은 눈에 보이지 않으나 마음으로 볼 수가 있다. 잠시 속일 수는 있을지 몰라도 끝까지 덮을 수 없는 것이 진실의 위대한 힘이다. 선거에 있어서 부적절한 논리나 행동은 파행을 가져올

뿐이다.

선거는 민주주의 꽃이다. 만인의 자유와 평등과 평화를 위해서 피고 진다. 하지만 이번 총선(18대) 때 또 얼마나 많은 억측과 음모에 시달릴지 모를 일이다. 유언비어는 꼭 황사와 같아서 삽시간에 세상을 뿌옇게 만든다. 그러다가 강력한 태풍이라도 만나면 산문을 빠져나오는 잔챙이 바람처럼 황급히 소멸되기도 한다.

선거는 무관심의 대상이 아니다. 투표를 포기하는 일은 주권을 버리는 것과 같다. 주권을 행사하지 않으면 꼼수가 판치고 미래의 행복까지 잃는다. 투표하자.

논쟁(論爭)

　개와 고양이는 서로 앙숙관계다. 고것들은 전생에 철천지 원수라도 되는 것처럼 경계심으로 곧잘 야옹대고 으르렁 거리며 해칠 기회를 찾는다. 그래서 언제나 두 짐승 간에는 긴장감이 생긴다. 사실 개와 고양이는 귀엽고 영특한 것만 보면 훌륭한 애완동물로서 사람답지 않은 사람보다 낫다.(말이 그렇지 짐승이 사람만 하랴.) 그러나 시도 때도 없이 공격적인데다 불결하며 분별이 모호한 짓을 본다면 정말 혐오스럽다.

　사람은 명예나 이익을 따라서 움직인다고 한다. 누구나 그것들에 대한 욕망 때문에 남을 제치고 앞서 가려는 저의를 품게 된다. 아무리 작은 모임의 회장 자리도 부회장보다는 낫다 싶으니까 출마하는 것이며 이기기 위해서 상대방의 허물을 물고 늘어지게 된다. 말하자면 그것이 문제다. 고질적인 병폐인 것이다. 나(우리) 아니면 안 된다 식으로 생각하는 과욕이 우리 사회에 들끓고 넘친다. 살만하니까 그런지는 몰라도 차고 넘치는 모호한 욕망 때문에 아니꼽고 사회가 시끌벅적하다.

　욕망이 나쁘다는 것은 아니다. 그런 꿈조차 없다면 무슨 재민가. 사람은 누구나 성공신화를 쓰고 싶어 한다. 그러나 맘대로 안 되는 것이 성공이다. 우리가 열심히 일을 하지만 만족할 만한 결과를 얻기는 쉽지가 않다. 때문에 성공이냐 실패냐 기로에서 절망도 기쁨도 경험하게 된다.

성공에는 두 가지가 있다고 한다. 하나는 '유명한 사람'이 되는 것이고, 다른 하나는 '유일한 사람'으로 남는 것이라고 한다. 예를 들면, 대나무는 곧지만 참나무는 단단하다. 곧게 사는 것이 현명한 것인지 단단하게 사는 것이 잘 사는 방법인지는 함부로 단언할 수 없다. 그래서 울다 웃다 사는 이유다.

해마다 연말 연초가 되면 각종 모임과 대소 단체들의 총회로 붐비게 된다. 어김없이 회장 자리를 놓고 한판의 승부를 벌이게 되는 경우가 생길 것이다. 제발 어깃장으로 맞설 것이 아니라 자제를 당부하는 바다.

과반수

산다는 것은 도전이다. 나도 너도 가는 길이야 다르지만 삶이 추구하는 지점은 얼추 비슷하다. 때문에 우리는 살기 위한 사회를 형성해 가는 것이며, 또한 응분의 책임과 의무를 떠안게 되고 '과반수'라고 하는 의사결정 절차를 거치는 것이다.

과반수는 사회적 규범이다. 나와 연관된 다른 사람들의 권리를 침해하거나 무시해서도 안 된다. 그리고 다수의 의견에 지나치게 토를 달거나 사사건건 반대만 하는 것은 사회적 질서에 반하는 행위다. 따라서 그 같은 돌발적인 독자행위는 민주사회로부터 소외를 자초하는 외로운 투사의 고독한 싸움일 뿐이다.

그러나 수의 횡포는 자제되어야 한다. 단순히 숫자가 많다고 하여 작은 수의 가치를 무시한다면 그거야말로 재앙을 불러들이는 물꼬가 될 것이기 때문이다. 아무리 작은 목소리도 소수의 진실을 겸허하게 받아서 큰 틀의 한 몸이 되어야한다. 사회란, 소수가 모여서 작은 집단을 만들고 그 다양화된 집단들이 조화를 이루며 구성된 조직이다. 그러므로 사회는 정의와 신뢰가 근간이다.

과반수는 정의의 개념이다. 때문에 우리가 과반수를 신뢰하는 이유가 되는 것이다. 이번 18대 총선에서 여당 한나라당에서는 원만한 국정수행을 위해 과반수 의석 표를 달라며 유권자에게 읍소했다. 야당에서도 마찬가지였다. 견제의 안정 의석을 달라고 통사정했다. 그리고 목이 터져라 외쳐대는 군소정당들도 있었다.

결과는 웃지도 울지도 못할 민심의 절묘한 과반수가 나왔다. 예상을 뒤엎고 선전한 정당이나 신승한 의원이 나오기도 했지만 299 의석 중 153석을 얻은 여당과 81석의 제1야당도 아슬아슬 한 판의 명승부였던 것이다. 그리고 내로라하는 거물급 정치인들이 낙마하는 이변과 새내기들의 금뺏지 주인공으로 등장하는 묘미가 연출됐다. 그래서 그 선량들은 앞으로 4년 동안 과반수 선을 넘나들며 국민의 정치를 펼치게 되었다. 이제 과반수 의석을 가진 여당의 정책이 탄력을 받을 것이다. 또한 야당은 독주에 맞서서 밀고 당기는 정치적 선전이 예상된다.

정치는 과반수다. 꼴찌도 일등도 과반수에 포함하고 있다. 인생도 그렇다. 정치적 과반수가 제공하는 문화를 먹고 산다. 때로는 불만족하더라도 과반수는 정의를 외면하지 않는다는 것을 믿으며 보편적 가치를 창출한다. 우리가 부자를 꿈꾸지만 가난의 즐거움도 있기에 사는 이유다.

대통령

대통령들은 말했다. '국민을 위한 국민의 정부를 만들겠다.'고- 하지만 돌이켜 보면, 우리나라 대통령들은 임기를 제대로 채우지 못하고 하야(下野)하거나 저격을 당하기도 했다. 설사 임기를 다 마쳤다 하더라도 천하를 호령하던 때와는 달리 허약한 짐승처럼 오만의 고독을 씹으며 퇴장하는 불운의 주인공 모습을 보였다.

인류의 과업은 보편적 가치에 둔다. 대통령은 누구나 잘 살 수 있는 터전을 마련해서 삶의 가치를 공유할 수 있도록 국운을 극대화 시켜야 한다. 왜냐하면, 대통령은 국가를 대표하는 통수권자로서 나라와 국민의 안위를 보장하는 믿음의 대상이기 때문이다. 따라서 국민은 행복을 추구할 권리로서 대통령에게 그것을 도모하는 노력도 요구할 수 있다.

대통령은 머리만 좋다고 되는 것이 아니다. 부지런하다고 반드시 성공하는 대통령이 되는 것도 아니다. 대통령은 강력한 리더십이 요구된다. 리더십이란 열정과 유연성이 균형적으로 겸비된 지도력이다. 그 누구도 강직 하나만으로 국가를 이끌어갈 수 없는 것이다. 어디까지나 국가는 대통령 혼자 좌지우지하는 조직이 아니기에 민심과 동떨어진 정책은 언제나 비판의 대상이다.

우리는 역사의 고비마다 국민적인 역동성을 보였다. 이른바, 촛불잔치는 나라가 위급할 때 국운의 큰 힘을 얻기 위한 문화행사다. 혹은 '촛불시위'라고도 말한다. 이 순수한 정신을 국력의 낭비라고 비아냥대는 세력들도 있기야 하지만 어쨌거나 국정의 흔들림에서 비롯한 것이므로 그 책임이 정부에 있으며 대통령은 유죄다.

IMF 이후 10년 세월에 힘 좀 펴지나 싶더니 때 아닌 미국 부동산 침체가(서브프라임모기지) 세계불황으로 이어지면서 우리 경제도 힘이 빠졌다. 무역실적이 현저히 둔화되고 내수경제 또한 부진으로 국민들은 더 불안에 떨게 되었다. 일하고 싶지만 거리에 내몰린 실직자와 꿈을 잃어버린 청년실업자들, 은근히 오빠라고 불러주기를 바라는 노인들의 욕구, 주부들의 불만, 상대적 박탈감 그리고 세계화 등... 이런 문제에 있어서 어느 때보다도 대통령은 고민해야할 처지다.

그렇다. 고민이야 하겠지만 성에 차지 않으니까 하는 말이다. 이명박 대통령은 국민을 섬기는 대통령이 되겠다고 하였기에 기대하는 바가 크다. 그러나 군림하는 듯 밀어붙이기 CEO 방식을 국정운영에 그대로 적용하는 것은 유감이다. 그래서 한미FTA협상(쇠고기)에 대한 국민적 저항이 만만치 않았고, 야심차게 추진하려던 경부운하계획마저 접어야 하는 창피를 당했다.

옛 성어 중에 인사(人事)가 만사(萬事)란 말이 있다. 아무리 높은 자리일지라도 혼자서 세상을 다 바라볼 수는 없다. 성공하는 대통령은 인사 등용에 있으며 똑바른 참모가 성군을 만드는 법이다. '강부자'는 TV 탤런트다. 정부의 첫 내각구성이 귀족인선임을 비판하면서 '강남에 사는 부자들의 자식'란 의미의 신조어다. 그리고 또 청와대 조직 임명뿐만 아니라 기관장 선임에서도 주로 고려대, 소망교회, 경남출신을 등용한데 대해서 '고소영(여배우)' 인사정책이라고 회자된 바가 있다.

우리는 두고 볼 것이다. 초심을 잃으면 갈 곳이 없다고 한다. 정말로 국민을 섬기는 정책을 펴간다면 성군이 되리라 믿는다. 대통령이란 자리는 아무나 앉고 싶다고 앉을 수 있는 자리가 아니다. 중간에 내려오고 싶다고 아무 때나 박차고 나올 수 있는 자리도 아니다. 그야말로 천운을 타고나야만 가능한 자리다. 우리 다 함께 국가의 명운을 빌자.

황금률

언제부턴가 우리들은 외국 것이면 무작정 좋게만 보던 때가 있었다. 습성화된 오늘날에도 수습할 수조차 없을 만큼 외래어 문자가 거리마다 판을 치고, 그 정도가 심하여 우리 손으로 만든 제품이 외국 상표를 붙여야 날개가 돋치곤 한다. 말하자면 탱자가 유자로 둔갑한 꼴이다. 현대과학의 역기능이 이윽고 젊은이의 허영심을 교묘히 자극하여 인사불성으로 만든 결과다.

얼마 전에 모 고등학교에서 학생이 선생님을 성희롱한 동영상이 유포돼 난리법석이 났었다. 건장한 남학생이 '누나 사귀자' 하면서 선생님 어깨에 손을 걸치고 킬킬대며 도저히 용서할 수 없는 못된 짓을 했던 것이다. 그뿐 아니라 모 중학교에서는 1학년 여학생이 50대 담임선생님으로부터 꾸지람을 듣고 모진 욕설과 함께 선생님의 뺨을 때렸다고 한다. 그래서 교육계서는 교권(교육자권위)이 땅에 떨어졌다며 개탄하고 있다.

참 문제다. 우리나라 인성교육이 이 모양이니 사회가 우울하고 미래가 어두워 보인다. 모름지기 황금 같은 예술의 자유는 시간을 선용하는데 있다. 무작정 신비의 세계로만 가는 일방통행이 아니다. 때로는 멈칫하면서 냉철하게 자신을 돌이켜 확인하는 일이다. 그런 의미에서 볼 때 살면서 가장 죄를 짓는 것은 나에 대한 무관심이다. 나에 대한 관심이 없다면 나의 존재마저 부정하는 것이 되고, 나뿐만 아니라 '우리'라고 하는 공동체의식까지도 기대할 수가 없다. 우리는 이쯤에서 다시 한 번 고민해야 한다.

최근 '버럭 오바마' 미국 대통령이 취임 후 처음으로 어느 고등학교를 방문했다. 오바마 대통령이 학생들에게 말하기를- '여러분들은 함부로 인터넷을 드나들지 마라. 한 번의 실수로 인해서 취직할 때나 장래 훌륭한 사람이 되는데 걸림돌이 될 수도 있다.'고 말했다. 장내는 숙연했다고 한다. 학생들이 의미 있는 충고로 받아들였기 때문이다.

살다보면 '허' 하고 살 때가 있다. '흥' 하고 살 때도 있다. 그러나 젊음은 두 번 다시 오지 않으며 인생의 가장 빛나는 가운데 토막이다. 생애 최고의 가치이며 영예로운 훈장과도 같다. 혹여 조금은 부족함이 있다할지라도 그것에 실망하거나 아파할 이유도 없다. 솔직히 말해서 바람에 흔들리지 않고 크는 나무는 없다.

예방주사는 더 나은 건강을 위하여 일시적인 고통을 허락한다. 사실은 고뇌하는 것도 하나의 정신적 자산이다. 이 사회는 반듯하고 건강한 젊은이들의 생각과 경험에 의해서 발전하며 만들어진다. 그러므로 개척정신이 강하고 패기 또한 두려울 것이 없는 그대가 있기에 기성세대들이 미래에 대한 기대를 거는 것이다.

아무리 근엄한 충고라도 반복하면 역겨운 소리가 된다. 하지만 분발하라. 황금과 같은 청춘을 까먹지 마라. 살면서 가장 절망적인 때가 그대들을 잃어버린 때다. 그리고 가장 살맛난 때가 그대들이 우리 곁에 있다고 믿는 때다.

노가다

살면서 누구나 힘들어 죽겠다고 푸념을 한다. 그러나 한참 후에는 '그때가 좋았다'며 현재에 대한 불평과 불만을 늘 그런 식으로 털어놓곤 한다. 물론 날마다 꽃처럼 향기롭게 살 수만 있다면 더할 나위가 없을 것이다. 하지만 배만 부르다고 행복한가. 그만큼 인간의 욕구는 단순하지 않고 만만치도 않다.

요즘 미국 경제가 바닥을 맴돈다. 미국이 세계를 경영한다고 해도 과언이 아닌 판에 서브프라임모기지 사태 이후 계속 침체의 늪에서 벗어나지를 못하니까 유럽 소련 일본 중국까지도 직격탄을 맞고 있다. 더구나 우리나라 경제는 감기에 몸살까지 겹치었다고나 할까. IMF(외환 위기) 때보다 더하면 더했지 덜하지 않다고 걱정하는 사람들이 대다수다. 불황의 끝이 보이지 않는다며 세간에 콧방귀처럼 떠도는 '증권도 펀드도 말짱 황이다.'란 말이 경제의 선행지표를 비웃는 익명의 욕설처럼 들린다.

실물경제의 우두머리격인 부동산 거래가 요지부동이다. 내놔도 살 사람이 없으니 집값은 떨어지고 전월세까지도 끔쩍 않는다고 한다. 그래서 너나없이 죽을 맛이라고 아우성치는 것이다. 게다가 또 구조조정이 있을 모양이다. 금융권뿐만 아니라 공기업에서도 대대적인 참수(斬

首)가 예상되고 이미 내몰린 회사원들은 집안에 콕 박혀서 비분을 삼키며 밥짓고 빨래하는 주부(主夫)로 전락했다. 더러는 도시생활을 청산하고 귀농(歸農)하였거나 전업으로 성공한 행운아도 있지만 이름 하여 청년실업자들이 상당수 일용직 인력으로 전락하고 말았다.

일명 '노가다'다. 좋게 말하면 1인회사 자유업(아무거나 닥치는 대로-) 대표자라고나 해둘까. 그들은 이미 마음에 상처를 받을 만큼 받은 상실의 주인공으로서 희망도 잃었으며 꿈조차 체념한 소외된 계층이다. 아직 그러기엔 어느 모로 보나 억울한 처지인 것은 말할 나위없다. 나아가서 사회적 지식기반이 위태로울 뿐만 아니라 국가적 손실이 여간 크다 할 일이다. 때문에 누군가 나서서 그들을 보듬어 주지 않으면 안 된다. 그들이 필요한 것은 돈이 아니라 일자리다. 문제는 적성에 맞는 직업의 선택일 것이다. 그동안 배우고 익힌 지식이 제대로 활용되도록 해야 할 텐데 그것이 문제다.

물론 정부나 기업에 모든 책임이 있다고는 할 수 없다. 누구나 직업을 선택하는데 안정적인 회사에서 최상의 꿈을 실현하고자 하는 욕심은 다 있다. 하지만 그것은 매우 어려운 욕망이라는 것을 이해해야 한다. 어차피 자세도 바뀌고 생각도 고쳐져야 살아남을 수 있다고 본다. 절망은 대안이 없다. 지금 처지가 좀 어렵다 하여 자포자기를 한다면 여태까지 살아온 청춘이 아깝지 않은가. '노가다'가 나쁜 것은 아니지만 꿈이란 도전하는데 의미가 있기에 우울한 청년들의 희망이 실현되는 그날을 기대한다.

독백

나는 애당초 사슴처럼 살 수 없는 사람이다. 164 단신으로는 농구선수가 될 수 없고, 76 과체중으로 육상선수도 될 수 없었다. 권투선수 꿈도 접어야했다. 뚝심이 모자라고 깡다구도 없어서 그마저 포기해야만 했다. 아버지는 나에게 공부해야 출세한다고 말씀하셨다. 하지만 집도 가난 해! 공부도 안 돼! 그렇다고 죽어라고 해본 일도 없었다. 나중에는 돈이나 벌어야지 맘을 먹었으나 돈은 돌고 돈다더니 아직 때가 되지 않아서인지 여태 무소식이다.

정말 나는 허튼 인생인가. 이따금 어처구니가 없는 짓을 한다. 요행이나 행운을 기대하면서 정작 복권 따위는 사지도 않고 로또에 당첨된 금액으로 어디 쓸 것인가부터 계산한다. 그리고 요즘은 유토피아 공화국을 건설한다. 근사한 궁전에서 근엄한 자세로 무소불능의 권세를 누리며 천하를 호령하는 것이다.

그렇다. 공상도 그 순간은 행복하다. 그런 짜릿한 맛이 없다면 인생이 무슨 재민가. 하지만 현실은 늘 냉엄하다. 나를 도와주지도 않으며 혼자서 해결하도록 팽개쳐 버린다. 때문에 나는 언제나 외로운 투사였다. 패자는 말이 없다지만 돈 없고 실력도 모자라서 당하기만 하던 그 분통과 억울함을 삭히며 나는 독을 키웠다. 그러나 그것이 중대한 착

각일 줄이야...

더러는 나에게 독을 빼라고 한다. 하지만 두려움이 생긴다. 내가 나를 보호할 의무가 있기에 무장해제는 곤란지사다. 만약 나에게 그런 허물이 없다면 '왜 사나' 대해서 고민할 이유가 없었을 것이다. 솔직히 말해서 나에게 영향을 준 사람들은 많다. 무엇보다 사랑과 믿음으로 세상의 깊이를 알게 해준 부모형제와 아내 자식들이다.

그리고 세상의 넓이를 가르쳐 주신 우리 동네 과일가게 아저씨나 세탁소 아저씨도 고마운 분이다. 또한 친구 혹은 친구가 아닐지라도 나를 알거나 내가 알고 있는 모든 사람들이 다 포함된다. 사실은 우리 지역의 대표도 마찬가지다. 구의회의원과 국회의원, 대통령도 때로는 나에게 희망과 절망을 안겨준 미묘한 관계들이다.

어디 사람뿐인가. 나에게 풀과 나무들도 간과 할 수 없는 생명의 동지다. 빛과 어둠, 구름과 바람도 고마운 환경이다. 그것들이 나를 품어 주었고 나는 거기서 사랑과 이별, 미움과 용서를 배웠다.

사랑한다. 나는 이제야 말할 수 있다. 그동안 나로 인해서 조금이라도 상처를 받았거나 섭섭한 적이 있었다면 지금 정중히 사과 한다. 정말로 본의가 아니었다. 지나친 감성에 빠져서 저지른 실수로 이해해준다면 고맙겠다. 내가 사는 동안 또는 죽은 후라도 내가 그대의 좋은 기억 속에 남기를 바란다. 그리고 고백하지만 나는 행복하다. 그대들이 있기에...

연습하지 마라

짐승은 궁지에 몰리면 물어뜯는다. 사람도 마찬가지다. 도망칠 길이 없으면 뒤돌아서 대항하게 된다. 하지만 사자도 길들이면 순하다. 아무리 맹수의 근성을 가졌다고 하나 아무 때고 사나운 발톱이나 이빨을 드러내지 않는다. 하물며 최고 지성인이요 엘리트 집단에서 선망의 대상이던 사람이 돌연 질타의 주인공이 되었다면 그것은 분명 우리 사회의 부끄러운 일이 될 것이다.

서울대학교 황某교수(박사)가 배아복제에 성공했다고 한다. 또 환자맞춤형 줄기세포배양 성공으로 난치병 환자들에게 무한한 희망을 주었다. 그러나 황박사 신드롬이 깨지면서 세상은 다시 뒤집혔다. 황박사 논문에 의혹을 제기하며 그것이 가짜라고 주장(mbc PD수첩)하는 바람에 서울대조사위원회에서 사이언스 논문('04년/'05년)이 고의적으로 조작되었다고 최종 발표함으로써 황교수의 과학 사기극이 만천하에 고발되었다.

그렇다. 뒤집힐만하다. 황박사의 환자맞춤형줄기세포배양이 성공했다면 인류역사는 세계사 신기원이 되었을 것이기 때문이다. 우리는 아직까지 인류의 기원을 정확하게 규명하지 못하고 있다. 원숭이가 사람과 너무 흡사하다 해서 신체적 진화설을 만들기도 하고, 물고기가 사람이 되었다는 말도 있고, 구약성서에서는 하느님께서 흙으로 빚었다 기록하고 있다. 아무튼 현대 진화론적인 인류의 조상은 사람과 비슷한 화석이나 유골 그리고 그들이 사용한 것으로 보이는 도구들에 대한 해석이 어설프긴 마찬가지다.

그런데 그 난공불락의 신비가 한국 사람에 의해서 벗겨질 뻔했으니 얼마나 황당한가. 실용화 단계는 아니지만 그 가능성에 대한 설렘으로 전국의 지체장애인들이 대거(2만) 희망 창구에 몰려들었다. 난자가 있어야 연구할 수 있다기에 1천여 건강한 애국여성들도 순식간에 줄을 섰고, 정부에선 '제1호 최고 과학자' 칭호와 함께 신변경호뿐만 아니라 유례없이 수백억 원이나 지원을 했다. 그리고 서울대학에서도 연구에 전념할 수 있도록 '황ㅇㅇ연구소'까지 새로 짓는 등 그만큼 그에게 한국의 미래를 거는 기대가 컸던 것이다. 하지만 이럴 수가... 모두가 가짜였다니 왜 환장하지 않겠는가.

산다는 것은 연습이 아니다. 훌륭한 연극은 어디까지나 연습이 필요하지만 정직한 사람은 단 한 번의 실수도 용서하지 않는다. 진솔한 삶이란 흠도 없고 티가 없는 깨끗함을 지향한다. 하물며 학문의 전당에서까지 진실을 왜곡하고 인류를 배반하는 악의 주인공이 한때나마 우상으로 섬기던 '황교수'였다고 하니까 정말 창피하고 죽을 맛이다.

황교수! 그렇다고 당신은 세상을 두 번 살 수 있는 것이 아니다. 이제 후회해 봐도 아무 소용이 없다. 거짓이 아무리 거세며 정교하다할지라도 언젠가는 들통이 나고 결국 진실 앞에 무릎 꿇게 된다. 나무를 보라. 나무는 음지에서도 양지를 부러워하지 않는다. 몇 백 년 동안 벼랑에 서서 모진 풍파에도 들판을 탐하지 않는다. 또 바람 좀 보라. 보이지 않는 곳에서도 아름다운 감동과 여운으로 살지 않는가.

당신도 조금은 그런 사람이기를 기대한다. 변명보다 솔직하게 용서를 구하는 태도를 보일 때 조금이나마 이해하게 될 것이다. 당초 바람은 언제 어디서나 자기를 들춰내 보이지 않는다. 바람은 비우는 것을 보람으로 여기며 항상 부족한 곳을 향하여 아낌없이 전부를 바치고 사라질 뿐이다. 강물도 좀 봐라. 자기가 터놓은 길조차 지우고 흐른다. 굽이굽이 갈라지고 합쳐지는 운명으로 바다를 지향한다. 그렇게 그들의 삶은 연습이 아니다.

황박사! 우리네 인생은 더욱 아닌 것이다. 연습하지 마라. 산다는 것은 실전이다. 나무들처럼- 바람처럼- 강물처럼 삶이란 나를 낮추고 버리는 연습으로 생활의 덕목을 만들어 가는 것이다. 최근에 또 다른 배아복제(돼지) 연구를 해서 성공했다는 소문을 들었다. 그리고 경기도와 생명과학의 지속적인 연구를 위한 협약을 맺었다고 들었다. 필자로서는 생명과학에 관한 문외한인지라 덧붙일 말도 없지만 불명예의 설욕을 위해서라도 정말 성공하기 바란다.

독도 망언

일본 때문에 분통이 터질 지경이다. 일본 정부가 중고교 교과서 집필 지침서(학습지도요령해설서)에 독도(獨島)를 竹島(죽도)라고 명기하기로 했기 때문이다. 일본은 해양강국이 되면서 우리나라뿐만 아니라 중국(센카쿠열도 일명 釣魚島분쟁), 러시아(쿠릴열도 일명 북방영토분쟁) 등과도 심각한 마찰을 일으키고 있다. 이는 일본식 국부적 근성으로 정권이 바뀔 때마다 치고 빠지는 식의 전략을 구사해 왔다. 그러니까 상투적이고 매우 노골적인 도전 방법이며, 교과서에 죽도화(竹島化) 전략으로써 궁극적으로는 자기네 영토로 만들려는 의도다.

괘씸한 일이다. 日本노므스키(-놈새끼) 망령이 도진 것인가. 일본은 러일전쟁(1904~1905)에 이기고 나서 그 여세로 가볍게 우리나라를 통째로 들어먹은 쪽바리(倭人)노므스키들이다. 억지도 언어도단이다. 36년 동안의 핍박(愚民同化政策)을 생각하면 치가 떨린다. 1945년(8/15) 열강들에 의해 해방이 되기야 했지만 아직도 日本노므스키들은 패전의 앙심과 섬나라 열등감에서 벗어나려는 제국주의 근성이 집요하다. 그들은 당장 아니더라도 언젠가 독도를 빼앗고 나아가서는 울릉도까지 집어먹겠다는 야심찬 명분을 만들어가는 것이다.

독도는 경상북도 울릉군 울릉읍 도동리다. 우리나라 동쪽 맨 끝 섬으로 울릉도에서 동남으로 87,4km 떨어진 곳이다. 독도(187,554)는 이름과는 달리 하나의 섬이 아니라 화산으로 생성된 동도(73,297)와 서도(88,740), 그리고 32개 부속 섬(25,)으로 구성된 천혜의 어장 보고이며 동해상 요새지역이다.

신라 지증왕 13년(512) 이전까지 울릉도와 독도는 우산국(于山國)에 속해 있었다. 신라 장군 이사부(異斯夫)가 가야와 우산국을 정벌하여 독도는 신라의 영토가 되었다. 그러다가 이씨조선 때 울릉도 도항을 금지했다고 한다. 세금포탈 목적으로 바다 건너로 도망하는 상민(商民)들이 많았기 때문이며, 또한 왜인의 습격으로부터 섬사람들을 보호하기 위한 조치였다고 한다.

공도(무인도) 정책은 1438년부터 1881년까지 약 450년 동안 이어졌다. 그사이 일본인 선원 오야신키치(大谷甚吉)가 항해하던 중 폭풍을 만나 우연히 울릉도에 표박하게 되었다. 당시(1618) 일본인으로는 독도를 처음 발견하여 막부(幕府;군사정부)로부터 도항허가를 받아서 오타니(大谷), 무라까와(村川) 두 가문에 의해 해마다 번갈아 강치(물개種)사냥, 전복채취, 벌목 등으로 78년 동안 경영해 왔던 것이다. 그러다 1905년(明治시대) 일본 정부는 독도를 다케시마(竹島) 이름으로 시네마현(鳥根縣)에 편입하여 국제법적으로 일본의 영토가 되었다.

그러나 2차 세계대전에 패한 일본과 승리한 연합군총사령관(GHQ) 사이 선언문 및 항복문서에서 다케시마를 오키나와 등과 함께 일본의 행정권으로부터 제외(1946) 시켰다. 그리하여 1948년 대한민국정부가 수립되고 UN의 승인을 받으면서 독도는 국제사회에서 한국 땅으로 공인 되었다. 그런데, 1951년(9) 샌프란시스코에서 48개 연합군과 일본이 맺은 '대일평화조약'에서 독도에 관한 명문규정이 빠졌다는 이유로 일본이 꼬투리를 잡고 나섰다.

「일본은 한국의 독립을 인정하고, 제주도, 거문도, 그리고 울릉도를 포함하는 대한민국에 대한 모든 권리(right), 권원(title) 및 청구권(claim)을 포기한다.」

위는 GHQ(대일평화조약) 제2조(a)항 한국에 관한 핵심 내용이다. 일본은 본 내용에서 '독도'라는 이름이 빠졌으므로 다케시마는 여전히 일본 영토라고 주장하는 것이다. 하지만 독도는 엄연히 울릉도의 부속 섬이다. 때문에 당시 이승만 대통령은 그들의 주장을 일축하고 1952년(1/18) 이른바 '이승만 라인'을 마련하여 인접해양주권라인(해양평화선)을 선언했다. 그리고 1954(8) 독도에 등대를 세우고 활발한 어로활동으로 독도 주변에서 각종 수자원을 얻게 되었다. 이것이 독도분쟁 씨앗이다.

서기 512년(신라 지증왕 13) 역사서에 독도가 우리 땅이었음이 기록되었다. 일본은 조선에서 공도정책을 펴는 동안 독도를 별견하고 주인 없는 땅이라며 자기네 영토인양 주장하지만 생떼요 억지일 뿐이다. 1693년(숙종19) 울릉도에서 고기잡이 하던 일명 독도장군 안용복(安龍福)이란 어부가 일본어민이 침입하자 맞서다 그만 끌려갔다. 이때 안용복은 바쿠후(幕府) 관리에게 울릉도가 조선 땅임을 주장하여 조선영토 확인 증서까지 받았다. 그러나 귀국하는 도중에 나가사키(長崎)에서 시마도주(對馬島主)에게 빼앗겼다. 그 후(1696) 다시 일본어선을 발견한 안용복은 강력한 항의로 하구슈(伯州) 태수로부터 영토 침입에 대한 사과를 받아 낸 바가 있다. 그런데도 일본은 그러한 역사적 근거를 무시하며 과거 78년간 경영한 사실을 가지고 GHQ 조약 내용에 독도란 이름이 빠졌단 이유를 들이대고 있는 것이다. 한마디로 어불성설이다.

제2차 세계전쟁에서 패한 일본은 경제대국을 이루었다. 이제는 해양

강국을 만들려는 야욕에 불타고 있다. 도쿄에서 남쪽 1,740km 떨어진 태평양에 인공 섬(오키노도리)이 하나가 있다. 원래는(1988) 높이 70cm, 가로 2m, 세로 5m에 불과한 암초인데, (1993)일본이 많은 돈을 들여서 높이 3m, 지름 50m 섬으로 만들었다. 만약, 일본의 의도대로 러시아, 중국 그리고 한국과의 영토분쟁이 해결되면 일본은 그야말로 중국 본토보다 더 큰 해양국가가 되며, 세계에서 가장 강력한 부자의 나라가 되는 것이다. 이것이 일본의 야심이다.

우리는 독도를 지켜야한다. 정치권에서 '독도보전법'을 제정하겠다는 대국민 약속과 군사주둔설이 나오고 한국 영토임을 알리는 표지석도 세워졌다. 교총(교원단체총연합)에서도 독도와 관련하여 계기(季期)수업을 실시하겠다고 한다. 그리고 네티즌 '독도지키기운동'이 범세계적으로 전개될 것으로 알려졌다. '다음' '네이버' '싸이월드' 등에서 지속적이고 체계적으로 운동을 하겠다고 한다.

그런데, 일본이 한국의 이 같은 반발을 빤히 예상하고도 모험을 강행하는 것은 독도문제가 국제사법재판소(Icj)에 제소 경우를 대비한 준비일 수도 있다. 우리는 독도분쟁과 비슷한 상황에 놓였던 싱가포르와 말레이시아 간의 '페드라브랑카' 분쟁결과를 눈여겨봐야 한다. 패드라브랑카 섬은 싱가포르에서 실질적으로 지배하면서 정부 발간물에 섬의 등대를 자국 소속 등대 목록에 포함하고 있었다. 그러나 말레이시아에서는 충분히 자기네 땅이라고 주장할 만한 원시적 이유가 있었음에도 28년이나 다퉈온 보람도 없이 사전 준비가 없었던 관계로 패소의 원인이 되고 말았다. 우리는 타산지석으로 삼아야할 것이다.

자, 촛불을 모으자. 저들이 포기할 때까지 환히 밝히자. 왜 우리가 쪽바리노므스키의 제물이 되는가.

5부 잊을 수 없는 만남

발리(bali)에서 생긴 일(1)

-땅의 숨결-

동경의 섬

인천 공항에서 GA(가루다 항공) 871타고 발리(bali)에 왔다.

덴파사(denparsar) 공항에 내려서 간단한 입국수속을 마쳤다. 마중 나온 김진홍 사장 내외분의 안내를 받아 진베란(jinbaran)에서 비교적 규모가 크고 깔끔하다고 소문난 풀빌라 까르마(di kalumare)에 여장을 풀었다. 그리고 일부는 다른 빌라(bali baliku)에서 짐을 내렸다.

나들이에 동행한 13명은 우리 내외를 비롯하여 친인척들이다. 김사장(金鎭弘)은 사촌형님의 아들이므로 내 가까운 조카가 되는데 현지에서 관광호텔 사업을 하고 있는 터라 그가 큰맘을 먹고 배려해 이루어진 해외여행이다. 그러다보니 70대 고령이 많고 환자도 있어서 적잖은 신경이 쓰이긴 하였으나 생각보다 잘 버텨 줘 근심이 덜어졌다.

저녁은 누사두사(nuas duas beach) 해변 식당가에서 치킨 바베큐(닭고기요리)로 정했다. 고급 음식이라곤 하나 맛이 별로였으며, 다만 색다른 음식인지라 행운으로 여기면서 발리의 음식문화를 처음 접하게 되었다. 아무튼 테이블 위에는 기름으로 튀긴 닭고기만 덜렁, 밑반찬이 없어서 서로 눈치 보며 '이것이 무엇이여?' 지독한 소스 한번 찍어 맛보고 혀를 찬다.

숙소(bali baliku)에 돌아와서 곰곰 생각했다. 막 도착 했을 때 공항에서부터 신비가 조금씩 깨지기 시작하더니 환상의 섬으로 생각하고 동경하던 발리의 인상이 무너지고 말았던 것이다. 덴파사 공항이야말로 이곳 섬에서는 유일한 국제공항인데, 웅장하다거나 소문만큼 화려하지도 않았기 때문이다. 그만큼 발리의 중요한 관문이라고 하기엔 쫌 얼굴답지가 않았다. 쾌재재한 것도 한 것이지만 입국 수속하는데 세관원이 여행용 가방을 함부로 뒤지려고 하여 살짝 돈 몇 푼 주고서야 금방 무사통과할 수 있었다.

너무 긴장한 탓일까. 좀 고단했던 모양이다. 아내는 잠자기엔 시간이 아깝다며 아쉬운 투정을 부렸지만 나는 그만 곤하게 잠이 들었다. 그러나 새벽에 뇨기가 잠을 깨운다. 일어나 보니까 다섯 시, 주섬주섬 걸쳐 입고 바닷가에 나갔다. 중천에 달이 그믐의 쪽배처럼 떠 있었으며 숲이 우거진 진베란 해변에는 식당과 카페들이 서로 기댄 채로 누워있다. 아직은 컴컴하다. 그런데도 부지런한 거지 두 사람이 손전등으로 어둠을 헤치면서 음식물 쓰레기통을 뒤진다. 옆에서 생존권 빼앗긴 검둥이가 힘없이 바라만 보는데 파도가 바람에 밀려 와 그 억울함을 달래주는 듯하다.

'아들아, 밥 먹었냐?'

아내는 집 생각이 나던지 전화를 건다. 서울에서 가져온 누룽지를 별미 삼아서 먹고 커피도 마셨다. 거실에 우산이 꽂혀 있는 것으로 봐서 기후변화가 심한 지방이라는 것을 알 수 있었다. 긴 바지 입을까 반바지를 입을까 망설이다 날씨가 심상치 않아서 긴 바지를 입고 미니버스 탔다. 하지만 고대 구름이 걷히면서 쨍하고 볕이 들자 지금까지의 부정적 이미지에서 사방이 긍정적으로 보인다. 비로소 발리의 새 모습이 보이기 시작한 것이다.

울루 와트(ulu watu)에 왔다. 발리의 최남단 기슭에 3백여 년 전 지어졌다는 사원이 위태로이 자리 잡고서 인도양을 망부석처럼 바라보는 것이 각별하다. 원숭이 사원이라고도 부르는데 수만 여 평쯤 되어 보이는 사원의 부지에는 캄부자(kambuja)와 보리수, 아카시아 나무들이 울창한 숲을 이루고, 원숭이들이 보금자리 삼아서 한가롭게 살고 있다.

그런데 짓궂기로 소문난 원숭이가 가만 놔 주는가. 사전에 가이드로부터 주의 당부가 있었지만 일행 중 누군가의 소홀한 틈을 타서 원숭이 한 놈이 안경을 빼앗아 도망치더니 테를 망가뜨리고 만다. 그리고 또 다른 놈이 노리고 있다가 다른 사람 수건 하나를 잽싸게 낚아채 달아나고 말았다. 관리인이 먹이를 던져주며 달래자 그제야 슬금슬금 꽁무니 감추는 것이 아닌가. ㅋㄷㅋㄷ, 우리는 놀래 가슴을 쓸어내리며 원숭이 땜에 한바탕 웃었다.

배꼽을 움켜쥐고 도착한 곳이 양양(yangyang)이다. 왜 양양인지는 알 수 없지만 관광지라기보다는 휴양지라고 봐야한다. 맥주 한 컵 쭉 마시고 저 멀리 인도양을 바라보며 모두가 숙연해 진다. 서울에 두고 온 피붙이들이 문득 문득 떠올랐기 때문이다. 그리고 하다만 일들이 궁금하기도 하고 지난번 마당에 심어둔 사위나무(감나무)가 잘 자라고나 있는지 은근히 근심이 되었다.

양양의 절벽에 여전히 파도가 친다. 거센 파도에 밀릴 것만 같은 원

주민의 외딴집 두 채가 아슬아슬하다. 그러나 반대 방향에서 보면 밭
이랑 그 옆에 소가 바람과 소통하며 한가로운 풍경을 이룬다.

발리(bali)에서 생긴 일(2)

-뿌뿌딴의 고뇌-

인도네시아(발리) 역사도 우리나라처럼 치욕적이고 굴욕적인 과거사를 지니고 있다. 2백50년 이상 네덜란드 나라에게 지배를 당해왔고 세계 2차 동란에는 일본군에게 나라를 빼앗겨 3년 동안이나 압박과 설움속에서 살았으나 태평양 전쟁에서 일본이 패망(1945)함으로써 비로소해방을 맞게 되었다. 따라서 이날(8/17)을 기념하기 위한 '독립(전쟁)기념관'은 8개 석축 구조물과 17돌계단으로 지어졌으며 널따란 광장과 함께 고풍스런 사원처럼 근엄해 보였다. 그리고 정부 관청과 대사관, 고위 공직자들의 관사들이 병풍처럼 에워싸고 있다.

왠지 한낮인데도 뿌뿌딴 거리는 한산하다. 토요일 때문인가 했는데워낙 부자동네라서 조용하다고 현지 가이드가 말해준다. 하지만 조금외곽으로 벗어나니까(아니, 시내 쪽으로 가는지도 모른다.) 군데군데 남정네 서너 명씩 그늘 아래 모여서 멍하니 구름만 쳐다보며 초지일관 그 자세다. 술도 음악도 없이 도대체 무슨 재미로 사는지 모르겠다. 능력 있는 사람들은 보통 두 서너 명의 아내를 거느리고 산다는데 아마 그런 팔자가 못되는 그들이 아닌가 싶다.

이곳의 일반 교통수단이 소형 오토바이인 듯하다. 웬만한 길은 남녀노소 구별 없이 오토바이 물결이다. 서울처럼 아슬아슬 빠져나가는 폭주족들이 호기부리며 묘기를 연출한다. 그런데도 교통 경찰관은 잘 보이지 않고 신호등도 없다. 우리 일행을 태운 미니버스가 당도한 곳이 '발리 박물관(museum bali)'이었다. 박물관은 발리 섬의 옛 궁전과 사원을 본떠서 지었다고 한다. 석기문화에서 목기문화에 이르기까지 시공을 초월한 삶의 편견들을 한데 묶은 전시관이다. 서툰 우리말로 가이드가 설명을 열심히 하긴 했지만 겉핥기 구경이 될 수밖에 도리 없었다. 더구나 남의 나라 전통이라서인지 몰라도 유물보다는 그림이나 사진으로 전시되어 우리의 유구한 문화와 비교가 되지 못했다.

때가 돼서 현지 전통음식으로 점심 먹고 여자들은 맛사진가 뭔가 받는다며 떠났다. 그리고 몇 남자들은 슬그머니 골프장으로 향했다. 김진홍(金鎭弘) 사장이 미리 예약을 해둔 덕분인지 곧장 필드에 들어설 수 있었다. 왕초보인 내가 먼저 샷을 해야 한다고 해서 부들부들 떨며 첫 방을 쳤는데 그만 옆구리로 빠져 웃음거리가 되었다. 그러나 옆에서 지켜보던 캐디가 창피해 하는 나를 보고 오히려 엄지손가락을 치켜 굿(good)하며 no-problem!(괜찮다!)이라고 한다. 솔직히 말해서 나는 골프가 귀족 스포츠라고 여겨왔다. 때문에 조금은 주눅이 든 것이 사실이다. 그나마 왼손잡이인지라 오른손으로는 그만큼 유연성과 정확성이 떨어지고, 평소 운동을 안 한 탓인지 18홀 중 절반이 지나자 팔에 인대가 늘어나는 등 무리가 생겼다. 자연 흥미도 잃어버릴 수밖에... 중도에서 포기했다.

'이럴 땐 맛사지가 좋은 걸!'

누군가 귀띔해 준다. 하지만 정말 나는 그런 거 모른다. 서울에 '묻지 마 이발관'에서, 혹은 목욕탕에서도 더러는 하는 모양이지만 나는 남우세스러워 잊고 살았는데 여기서는 은근히 화양기가 돈다. 아무튼 입장료 얼마인지 모르고 쭉 늘어선 안마사(여자)들의 안내를 받으며 이층 들어서니까 커튼으로 가려진 방에 혼자 누울만한 침대가 있었다. 그리고 세수 대야가 발밑에 놓여진다. 20대 초반의 아가씨(안마사)가 내 맨발을 조심스레 끌어다 물에 담구더니 간지러울 정도로 천천히 씻겨준다. 그런 다음 옷을 홀랑 벗고 그 여자가 준 삼각팬티 하나만 입으니까 자연 침대에 눕게 되었다. ㅎㅎㅎ...조용한 음악과 함께 매력적인 손끝이 리듬을 탄다. 나도 덩달아서 움찔-울찔- ㅋㅋㅋ... 아무리 애써 보지만 몸이 뒤틀리고 환장하겠다. 그런데 무슨 주사라도 맞은 듯이 스르르 잠이 들고 말았으니 그사이 어떤 일들이 벌어졌는지는 알 수 없다. 설마 그 여자가 내 몸을 훔쳐보진 않았겠지, 혹은 훔쳐는 봤더라도 내 거시기를 만지거나 그걸 어떻게 하진 않았겠지 하는 두려움이 생겼다. 왜냐하면 내가 함부로 위험을 무릅쓰고 알몸까지 노출시킨 적이 없었기 때문이다.

두 시간 후
나는 아내를 제대로 쳐다 볼 수 없었다.
하지만 아내도 나를 제대로 쳐다보지 않았다.

저녁 먹으러 차에 탔다. 그동안 아무 일 없었던 듯이 시치미 떼고 창밖을 본다. 삐걱삐걱 골목길 빠져나가자니 고역이다. 아마 좀 빨리

가기 위해서 직선 코스를 택한 것이 그만 막히고 말았던 것이다. 때마침 동네에 행사가 있었다. 이곳 사람들은 죽으면 일단 매장 하고난 뒤 1년에 한 번씩 정해진 날에 합동 장례식을 갖는다고 한다. 그것이 지방 풍습이라고 하니까 얼떨결 그것을 봤으므로 행운 하나 덤이 생긴 셈이다. 또한 인도네시아에서는 힌두교가 압도적이다. 따라서 발리의 주민 70%가 힌두교를 가졌다고 한다. 집집마다 신을 숭상하는 제단이 있고, 제단 위에는 도시락처럼 생긴 그릇에 음식이 놓여 있는데 어디서나 흔히 볼 수 있는 풍경이다.

발리(bali)에서 생긴 일(3)

-덴파사 영혼들-

동트는 아침 숙소에서 일어나 동네 한 바퀴 돌았다. 밥먹고 뒤도 봤다. 그런 다음 어디론가 가기 위해서 미니버스로 한 시간 넘게 달렸다. 시내를 벗어나자 모내기가 한창이고 또 다른 논에는 누런 벼들이 고개 숙이고 있었다. 알고 보니 1년 3모작이라고 한다. 더구나 비료도 없고 거름조차 주지 않는다 하니까 논 몇 마지기만 있으면 일 년 내내 쌀농사를 지을 수가 있다는 것이다. 그래선지 벼의 키가 작고 쌀도 좁쌀처럼 생겼다. 하지만 여기서도 참새 떼들이 기승을 부리는지 논마다 허수아비가 서 있다. 그리고 띠(徽章) 모양으로 늘어진 색색의 헝겊 조각들이 성황당의 만사처럼 바람에 휘날리며 장관을 이루고 새들은 엄두도 못 낼 판이었다.

어디쯤일까. 투타레기안(tutalegian) 바닷가가 보이고 사람들이 웅성댄다. 외국 사람들이 많은 것으로 봐서 예삿일 아니구나 생각했는데 바롱 댄스(barong & kris dance) 민속공연을 관람하기 위해서 모인 것이었다.

때마침 앞자리 몇 석이 비어 있기에 넉살좋게 비집고 들어가서 제일 좋은 자리를 차지했다. 극은 전체 5막으로 구성 되었다. 성령(善)과 악령(惡)을 상징하는 호랑이와 원숭이가 등장하여 싸움이 시작된다. 우리나라 마당놀이 봉산탈춤과 비슷하고 전통 타악기를 이용한 민속음악이 우리 것과도 닮았다. 섬세한 춤사위가 매우 돋보였으며 인연, 운명, 삶과 죽음 등을 회화적으로 묘사하는 전통 민속극이었다.

세란간 섬(pulau serangan)은 일명 '거북 섬'이라고도 부른다. 바롱댄스 관람을 마치고 버스로 당도한 곳이 선착장이다. 선착장이라고 해봤자 섬을 왕래할 수 있는 아주 작은 시골 나루터인데 관광객을 위한 6인승 배들이 수시 운항되고 있었다. 10분쯤, 물보라 치며 달려서 섬에 닿았다. 그러나 섬은 소문만큼 유명세를 따르지 못했다. 웅덩이에서 거북이가 어정어정 기어 나와 얼굴을 내미는 정도다. 그리고 꼬마거북이 몇 마리가 별도의 가두리에 옹기종기 모여 있을 뿐이다. 기대가 크면 실망도 크다 했던가. 참으로 어처구니가 없었다. 관광객을 봉으로 아는 돈벌이 상술로 보였기 때문이다.

에이, 한강에서 도시락 까먹는 재미가 더 낫지... 불만이 이만저만 아니었다. 다만, 배 바닥에다 작은 직사각형 모양으로 투명유리를 부착 시켜서 바다 속까지 구경할 수 있도록 한 것이 고작이다. 열대어 물고기들이 수심 2미터 정도 되는 물속에서 해초 사이 왔다갔다 밑밥을 던져주자 우르르 몰려온다. 하지만 수족관에서 얼마든지 볼 수 있는 광경이다. 고대 실망만큼 오기도 생겼다. 피로가 겹친 것조차 상관하지 않았으며 미니버스 타고 '아트센터(art centre)'에 닿았다.

Art cenre는 글 그대로 예술의 전당이다. 우선 밖에서 봐도 목가적이고 전원적이다. 넓은 터에 자리 잡은 전시관은 예술의 면모를 갖추고 있으며 살아 있는 고전처럼 우아하다. 다만 입장하지 않고 겉으로만 구경한 것이 아쉬울 뿐인데 다음 일정 때문에 욕심을 접었다. 나는 운전기사에게 서울에서 조사해 온 자료를 보이며 오붓(ubud)마을에 가자고 했다. 오붓마을은 외국인 관광객을 상대로 하는 서울 이태원과 비슷한 상가지역이다.

그런데 오붓마을 가자면 첼루크(celuk) 거리를 지나게 된다. 국제적인 화가의 작품들이 전시된 전시관이 있는 곳, 하지만 그림에 대해선 너무도 문외한이라서 그냥 지나쳐 버렸다. 그리고 한참 후 바트불란(batubulan)을 지나게 된다. '석공마을'이라고도 하는데 일반인들의 부적이나 사원에 공급하는 제품으로 많이 생산한다고 한다. 한마디로 장인정신이 살아서 숨 쉬는 환상적인 동네다. 양쪽에 늘어진 석공들의 기기묘묘한 작품들이 예술거리를 이룬다. 그러나 모두가 무거운 돌로 제작된 작품들이라서 욕심은 나지만 사가지고 올 수는 없다.

석공마을 지나 '목공마을'도 있었다. 마스(mas)라고 하는 목공마을에는 아주 섬세한 작품들이 즐비했다. 지나는 김에 차에서 내렸다. 그러나 장난감 자동차 앞에서 아내가 나를 슬그머니 잡아당긴다. 함부로 돈을 낭비하지 말고 눈요기만 하자는 것이다. ㅎㅎㅎ… 아내 때문에 2십5만 루피아(2만5천원)나 굳었다.

오붓(ubud)마을, 거북 섬에서 거의 1시간 정도 소요되었다. 정사각형 모형의 블록 전체가 민속 공예품들이 주로 많이 진열된 공산품 상가다. 외국관광객들이 꼭 들려본다는 이색 시장으로써 아주 작은 공작품에서부터 생활용품에 이르기까지 다양했으며 가격도 천차만별이다. 그리고 얼핏 도떼기시장과 같아서 가만 서 있기만 해도 종업원들의 적극 공세에 시달리게 되고 혼란을 느끼게 된다. 하지만 바깥 변방 쪽에는 그림, 식당, 옷가게 등이 많았다. 나는 무작정 용기를 내어 어느 선물가게 들렸으나 생각보다 가격이 비싸고, 딱 맘에 드는 상품도 눈에 띄지 않았다. 그런데다 운전기사가 많이 에누리해야한다 귀띔해 주는 바람에 망설이다 포기하고 말았다. 젠장, 다리가 아프고 머리도 아프다.

발리(bali)에서 생긴 일(4)

-해변의 낭만-

봉고에 몸을 실었다. 오늘은 쇼핑 좀 하기로 한 것이다. 시내 면세점 들려서 이것저것 사려고 한다. 그러나 선물이라고 해봤자 뻔한 것이지만 막상 쇼윈도 앞에 서면 마음이 자빠지고 망설여지기 일쑤다. 아내는 화장품 진열대에 눈을 고정 시킨다. 서울에서 자식들로부터 효심으로 받은 달러(us$)를 매만지며 에스티로더(estee lauder) 콤팩트(complete) 3개 고르고 가격을 물어**봐** 달란다.

How much is it?

으매, 한 개당 37불씩 3개를 따져봤더니 우리나라 돈으로 10만원이 넘는다. 그런데 이상한 것은 단 돈 몇 천원 가지고도 벌벌 떨던 아내가 '샘플!' 샘플(달라는 시늉)하면서 서슴없이 돈을 지불한다. 서울에서는 한 개당 7만원 줘야하는데 반값이라며 거저라는 것이다. 나는 그제야 아내의 통이 나보다 훨씬 크다는 사실을 알게 되었다.

나는 아내 발자국만 졸졸 밟았다. 아내는 어느 전자제품 코너에서 슬그머니 메모지를 꺼내 보이며 '이거(modena lonizer HD2000)?' 한다. 그러니까 아가씨가 'yes!' 하면서 여자용 헤어드라이 두 개를 내놓는다. 손가락 네 개 펴보였는데 두 개 밖에 없다고 하니까 아내는 한참 머뭇거리더니 아쉽다는 표정을 지으며 'OK!'하고 만다.

면세점을 나와 어느 슈퍼마켓에 들렀다. 사실은 건조된 해삼 좀 사 가지고 서울 가서 요리할 생각을 했었다. 그래서 미리 빈 가방까지 준비해 왔는데 아무리 둘러봐도 보이지 않는다. 할 수 없이 또 다른 마켓에 갔으나 역시 허탕이다. 나중에 들은 얘기지만 이곳에서는 마른 해삼이 귀하다 한다. 때문에 필리핀 말레시아 홍콩 등에서 수입하는 입장이라고 한다.

쇼핑은 장보기가 되고 말았다. 다시 인근 재래시장에 들러서 칫솔, 과자, 바나나 등 몇 가지만 장바구니에 담아 나왔다. 하지만 아내는 서운해 할 사람들이 너무도 많다면서 도로 바쁘게 뛰어 들어가더니 손자 녀석 티셔츠 하나 달랑 들고 나온다. 행복한 미소와 선물을 든 그 손이 아름다워 보인다.

우리는 기쁨이 가득 담긴 쇼핑백 들고 '서울가든'에서 한국 음식을 먹기로 했다. 종업원들은 다 현지인들이지만 한국어가 서툰 그들이 이따금 우리말을 사용할 땐 친근감이 더한다. 차림표를 보며 갈비탕. 된장찌개, 순두부, 불고기 나중에 커피도 시켰다. 그동안 현지 전통음식으로 이런 저런 음식을 시식해 봤으나 왠지 부족하고 서운했는데 역시 우리 음식에서 포만감을 얻었다. 하지만 배가 부르다 하여 행복한 것은 아니다. 노래와 춤 없으면 무슨 재민가.

숙소에서 쇼핑백을 대충 정리하고 해변에 모였다. 서울에서 미리 준비해간 소주랑 마른 오징어랑 그리고 고추장을 꺼내놓고 빙 둘러 앉아 주거니 받거니 '참이슬' 너댓 병을 거뜬히 비웠다. 해변에는 아베크족들이 힐끔힐끔 우리를 본다. 우리가 웃으면 그들도 마냥 웃으며 도무지 알 수 없는 수다까지 떤다. 사실은 그동안 발리에서 생긴 크고 작은 실수와 위기의 경험담을 서로 얘기하는 배꼽축제라고나 할까. 머쓱해서 웃고 통쾌해서 웃기도 하는데, 암튼 '끝째' 누나 때문에 한바탕 웃었다.

끝째 누나는 키가 작다. 그러기도 하지만 막내로 태어나서 '끝째'라고 부른다. 그 누나는 80 코앞에 둔 나인데 경우가 바르고 우수개 소리 잘 하는 유머의 명수다. 오늘 쇼핑 하는데 누나의 지혜가 유감없이 발휘되었다. 우리말을 거꾸로 뒤집어서 굴리니까 영어(?)가 되는 것이 아닌가.

마얼? (얼마?) - 싸비! (비싸!) - 오케! (OK!)

누나는 며느리 준다며 속옷 하나 거뜬히 샀다. 영어 아닌 영어로 의사소통이 가능했던 것이다. 처음에는 전혀 먹혀들지 않았으나 손짓과 표정을 보고 눈치 빠른 아가씨의 짐작이 척척 맞아떨어진 결과다. 그리고 돈 계산 할 적에도 8불이면 10불짜리 달러를 내놓거나 12불짜리 같으면 20불짜리로 계산해서 나머지를 거슬러 받는다. 만약에 그도 저도 아닐 땐 돈을 손바닥에 펴놓고 정산해 가도록 한다.

참 지혜로운 누나다. 그런 누나가 사고를 당했다. 쇼핑을 마치고 점심 식사 때 손 좀 닦는다면서 세면장으로 가다가 그만 통유리를 들이박고 말았던 것. 제법 큰 식당이었다. 화장실 안쪽에 위치한 세면장은 여닫이문을 통과해야 하는데, 그걸 모르고 지나치다 손잡이에 오른쪽 눈이 부딪쳤다고 한다.(키작은 것이 죄지 뭐-) 눈이 번쩍 하더라나 어쨌더라나... 아무튼 금방 눈에 멍이 들었다. 한동안 계란으로 문질러봤지만 별 소용이 없어서 부랴부랴 검은 선글라스 끼고 다녀야 했다.

진베란 해변의 낭만이 한밤 저점을 향해서 간다.

발리(bali)에서 생긴 일(5)

-굿바이 발리-

조금은 공포의 나라, 쓰나미(수마트라)와 화산(자바)으로 슬픔에 잠기게 했던 아픈 추억의 나라가 인도네시아다. 지금도 2억 2천만 국민들은 그런 재앙을 염려하며 산다. 그러므로 발리라고 해서 행복이 가득한 곳이라고 말하기는 곤란하다. 가난과 두려움, 슬픔도 있고 아픔도 있다.

때문일 것이다. 발리에는 신(이슬람)이 존재한다. 4백만 시민의 가슴에 안주하는 신은 슬픔을 위로하며 아픔과 두려움으로부터 평화로운 자유인이 되게 한다. 그렇다. 위대한 신이 있기에 발리는 살기 좋은 터라고 말하는 것이다. 이슬람의 문명에 순종하는 습성과 자연의 섭리를 받아들이며 서로가 금 긋지 않고 나무랑 바람이랑 함께 산다.

우리는 그들과 헤어져야 한다. 처음에 단순한 볼거리만 생각하고 왔던 것이 얼마나 무례한 사람인가 깨닫게 해준 이국의 정서가 나를 철들게 한다. 발리는 관광의 도시가 아니다. 웅장하거나 거대한 섬도 아니다. 아주 조용하고 나지막하며 평범한 숲 속의 안식처이다. 사악한 마음은 애당초 해풍에 씻기고, 가난한 생활에 억눌려서 살지라도 부를 탐하지도 않는다. 그들은 우리의 낭만과 인간미가 통했다.

통하는 것은 인지상정이다. 왠지 묘한 기분이다. 짐 꾸린 가방을 몇 번이고 들었다 놓아도 봤다 반복하는 것이다. 올 땐 빈 가방이 갈 때는 꾹꾹 눌러 쌓느라 고심하는 손끝 떨림이 크다. 그러나 파도처럼 밀려오는 가족과 친구들, 솔직히 말해서 이별의 아쉬움보다 만나는 기쁨이 더 큰 것인지도 모르겠다. 아침 10시경 카운터에서 체크아웃 하고 방문 열쇠를 반납했다. 그리고 까르마(빌라) 5호 한 곳에 모두 모였다. 탑승 시간이 24시 45분이므로 구태여 방값을 더 지불할 필요가 없었기 때문이다.

나는 혼란한 마음이 조금씩 정리되면서 냉정을 되찾았다. 자투리 시간에 일부는 숙소에 남아 풀장에서 수영을 하고, 나머지는 버스 타고 시내 구경하기로 했던 것이다. 버스는 외곽 도로 타고 질주하곤 한다. 도로체계가 조금은 단순하며 신호등이 없기 때문에 위험 사각지대라고 봐야한다. 그런데도 차들은 잘 달린다. 그제도 어제도 몇 번이나 공항을 끼고 달렸다. 익숙해진 순환도로 따라서 지금 막 도착한 곳이 서울의 명동, 혹은 신사동 사거리 정도라고 짐작 되는 번화가다. 하지만 사람들이 서울과 비교되지 않는다. 사람뿐만 아니라 차들도 서울보다 고물차들이 많다. 다만, 참으로 희한한 것은 역마차들이 관광객을 태우고 2차선 도로를 역으로 뛰고 있다는 사실이다.

위험한 것은 그뿐 아니다. 해변에 자리 잡은 쇼핑센터가 우뚝 보인다. 만약 쓰나미라도 닥친다면 큰일이다 싶은데 이곳 사람들은 끄떡하지 않는다. 아마도 이슬람의 가호가 있을 것으로 믿기 때문일 것이다.

하긴 쇼핑센터는 번화가의 city in city이다. 광장에서는 대학생쯤으로 보이는 젊은 청년들이 거리연주를 하고 있었으며 낭만적인 도시의 상징처럼 보였다. 그 중에서도 다섯 살 정도 보이는 꼬맹이의 드럼 치는 모습이 재밌었다. 그리고 속옷 벗은 마네킹이 거푸 유혹을 한다.

에스컬레이터에 발을 디뎠다. 갈 수 있을 때까지 가볼 생각으로 철없는 아이처럼 위층으로, 위층으로 자꾸 올라가니까 사촌누나가 나지막한 목소리로 '어디 가?' 하신다. 하지만 내가 눈치 9단 아닌가. '응' 마리시면 응 하세요. 하니까 그제야 누나는 얼른 선글라스를 벗는다. 어제 식당에서 통유리 문에 부딪친 악몽이 떠올랐던 모양이다. 사방 두리번두리번 거리면서 내 도움을 기대하신다.

토일렛(toilet)!

토요일에?

얼쑤!, 의사소통은 이루어졌다. 볼 일 다 보고 나온 누나는 다시 선글라스 깊숙이 낀다. 숙소에서 마지막 파티가 벌어졌다. 서울에서 가져온 소주 3박스가 마지막 동나고 멸치 몇 봉지만 덜렁 남았다. 그런데도 민숭민숭하다. 비행기 탑승시간을 앞두고 긴장이 조여 오는 탓이다. 밤이 되자 무심한 바닷바람이 문틈 새로 끼어든다. 나는 낮은 촉수의 형광 빛 아래서 여권, 항공권, 출국신고서 등등 챙겼다. 그러는 동안 코끝이 시큰둥해 진다.

영시 45분, GA(가루다) 870 타기 위해서 덴파사 공항 출국장을 빠져나왔다.

산사를 찾아서

　서울의 낮 기온이 올 여름 들어서 가장 덥다고 한다. 마천루가 빼곡하게 솟아 있는 빌딩과 아파트 숲을 벗어나 사람들이 저마다 거리로 나온다. 그래서 세상은 춤과 함께 음악이 흐르는 잔치가 벌어진다. 나도 춤을 추고 싶다. 춤추며 노래도 부르고 싶다. 서툴고 잘 부르진 못하지만 빛 부신 7월의 파트너가 되고 싶은 것이다.

　얼마만인가. 여행이라고 하기엔 좀... 그냥 '가출'이라고 한들 상관이 없겠다, 그런데도 병아리처럼 설레고 야릇하다. 왠지 산다는 것이 이처럼 절묘하고 단순할 수가 없다. '좋다'의 감정과 '나쁘다' 심정이 삶의 반반이다 싶으니 말이다. 하여간, 아무나 타고 관광할 수 있다 하기에 가타부타 집 앞 도로변에 서있는 관광버스 덜렁 탔다.

　꼬불꼬불 시골 모퉁이 지나서 도착한 곳이 내소사(來蘇寺)다. 부안군 진서면 석포리 변산반도 끝자락 즈음, 서울에서 3시간 반 정도 걸리지만 일단 버스에서 내려 몇 발 내디디면 칠백년 수령의 느티나무(할머니 단상)와 일주문이 나오고 여기서부터 울창한 전나무 숲길이 산책로다.

산책로가 끝나면 천왕문까지 크고 작은 젓나무와 짙푸른 단풍나무들이 긴 터널을 이룬다.

내소사는 백제 무왕 때(633) '혜구두타(惠丘頭陀)' 스님이 지은 유서 깊은 고찰이다. 원래는 '대소래사'와 '소소래사'가 함께 짝을 이루었으나 1870년 대소래사가 불에 타 없어지고 지금의 내소사가 소소래사라고 한다. 그리고 내소사(來蘇寺)란 이름은 내자개소(來者皆蘇)에서 따온 것으로 '여기 오는 모든 이를 소생하게 하소서'의 뜻을 지녔다 한다.

내소사는 천년의 고찰이다. 대웅보전에서 관음보살상과 눈이 마주치면 소원이 이루어진다 하여 주변을 서성이는 관광객들이 많지만 아직 마주친 경우가 드물었다고 한다. 나도 마찬가지다. 행여나 하는 마음으로 다가서긴 했으나 아까 천세를 누렸다는 할아버지 당산에서 소원 빌었던 적이 있기에 건성으로 지나치고 말았다.

미완의 교훈을 주는 대웅전 전설이 기막히다 대웅보전은 임란 때 불타버린 것을 조선 인조11년(1633)에 청민(靑旻)선사가 지었다 한다. 쇠못 하나 박지 않고 나무를 끼워 맞춰서 지은 법당이다. 청민 선사와 목수가 처음 만나는 것도 기이한 인연이지만 3년 동안 묵묵히 나무토막만 다듬는 목수도 예삿일이 아니었다. 짓궂은 사미승이 노적만큼 쌓여진 목재 중에서 잘 다듬어진 토막 하나를 살그머니 감추었으나 목수가 그 사실을 모를 리가 없었다. 놀랜 사미승이 얼른 숨겨둔 토막을 내놓긴 했는데 목수는 부정이 탔다는 이유로 그냥 빼고 짓는 바람에 법당 내부에 아직도 목침 하나가 빠져 있다.

관음조(觀音鳥) 전설이 또 재미를 더해 준다. 청민 선사가 노승을 시켜서 법당에 단청을 하려고 화공을 불렀다고 한다. 노승은 화공의 일이 끝날 때까지(백일) 아무도 법당을 들여다봐서는 안 된다고 아랫 스님들에게 엄히 일렀다. 하지만 '선우'스님이 백일 하루 남겨두고 그만 문틈 사이로 엿보고야 말았던 것. 그런데, 이럴 수가... 법당 안에 화공은 간 데없고 웬 알록달록 생긴 작은 새 한마리가 입에 붓을 물고 날개에 물감을 묻혀서 그림을 그리는 게 아닌가. 신기하게 여기던 선우 스님 이 살그머니 법당 안으로 발을 디밀고야 말았다. 그러자 산울림 같은 호랑이 울음소리 들리면서 새가 어디론지 날아가 버린 것이다. 그리하 여 지금까지도 한쪽 귀퉁이에는 단청이 안 된 채로 비어 있다. 이 또한 미완의 가르침인 것이다.

낭만과 웃음, 엄숙한 절에도 그런 게 있었다. 어정쩡하게 놓인 봉래 루(逢來樓), 기억자로 휘어진 소나무가 조금은 그 허물을 가려주고 있기 야 하지만 이층인데 이층 같지가 않고 누각임에도 이러지도 저러지도 못하는 높이에 놓여서 억지 거드름을 피운다. 일설에 의하면 가운데 네 개의 쪽문은 옛 양반들이 말에서 내려 들어가기가 싫다는 이유로 일부러 낮췄다는 것이다.

옳거니/그러거니/상관 말고/산이건 물이건 그대로 두라/하필이면 西쪽에만 극락세계냐/흰 구름 걷히면 靑山인 것을,

그렇다. 법문의 한 구절이지만 내소사를 잘 설명해 준다. 내소사는 똑똑하지도 않으며 바보도 아니다. 부족한 듯 하면서 넘치고 넘친 듯 하면서도 부족한 것 투성이다. 그것이 내소사의 도(道)며 설(說)이고 법 (法)이다.

관광버스에서 제공하는 도시락을 받았다. 벌써 점심때가 됐나 하고 시계를 보니까 때가 됐다. 안내자의 말은, 식사 후 채석강을 거쳐 새만 금전시관도 관람하고 서울 간다고 한다. 보너스 관광이라선지 사람들 이 모두 환호하며 박수친다. 나도 덩달아 박수를 쳤다. 그리고 한쪽

구석으로 빠져나와 얼른 도시락을 까치우고 커피 한 잔 마셨다.

채석강(彩石江)은 내소사에서 그다지 멀지 않았다. 전라북도 부안군 변산면 격포리(30-1) 변산반도 맨 서쪽, 격포항 오른쪽 닭이봉 밑에 있다. 채석강은 강이 아니다. 바다다. 옛 수군(水軍)의 근거지로써 바닷물에 침식되어 토적한 절벽이 마치 수만 권의 책을 켜켜이 쌓아 놓은 듯 하며, 중국 당나라 때 이태백이 배를 타고 술을 마시다가 강물에 뜬 달을 잡으려다 빠져 죽었다는 그 채석강과 흡사하다 하여 지어진 이름이라고 한다. 그만큼 부안의 채석강은 눈을 흡족하게 하고 도무지 믿어지지 않을 만큼 바람에 씻긴 흔적이 전설을 이룬다. 한마디로 연인들의 추억과 낭만이 어우러지도록 러브추억 만들기 좋은 곳이다. 나는 책장을 넘기듯 사이사이 매만지며 잔잔한 파도와 디카의 멋진 구도가 되기도 했다.

새만금간척지(신대륙 참조)에서 버스가 U턴하기 시작한다. 역시 내가 돌아갈 곳은 집이다. 우리나라 사람 반 정도가 산다는 서울과 경기지역에서도 광진구는 가장 치열한 내 삶의 현장이다. 무기를 놓고 살자니 질 것은 빤하고, 들춰 메고서 살자니까 무장이 나를 지치게 만드는 괴물이다. 그리하여 나는 무기를 버릴 수도 가질 수도 없는 노릇이다. 하지만 나는 가장으로서 용사가 되어야 한다. 졸(卒)이 되고 싶은 장(將)이라고나 할까. 생각을 곱씹는 사이 버스가 덜컹 나를 부린다.

참 좋은 사람

천주교(한국교회)의 가장 어른이신 김수환(스테파노) 추기경님께서 선종하셨다. 추기경님의 선종(0´9/02/16) 소식을 듣고 다음날 아내랑 명동성당에 가서 조문하고 왔다. 전국에서 모여든 조문객들이 십리 밖까지 이어져 두 세 시간이 넘도록 기다려야 했다. 누워계신 마지막 모습은 흐트러짐이 없었다. 장기를 기증하면서까지 평생 봉사하셨음에도 겸손을 잃지 않았던 분이었기에 더욱 숙연해진다.

장군도 보초를 서면 초병이다. 추기경님은 우리와 같이 살면서 당신 말씀대로 가난한 바보였다. 그러나 낮은 자들과 피켓을 들고 함께 거리로 나섰을 땐 혁명가였다. 그리하여 누르는 자를 설득하고 밑에 깔린 자들은 일으켜 세우셨다. 그런 다음에 모든 이들 향해서 평화를 외치며 사랑과 나눔의 감동으로 사회적인 통합을 이루어야 한다고 말씀하셨다. 한마디로 자상하고 단호하셨으며 이 땅의 아버지셨다.

우리가 함께 더 살기를 원했다면 욕심이었을까. 섭지만 더는 붙잡을 수 없었다. 무슨 염치로 당신을 이보다 더 가엽게 하며 울음으로 여생을 마치도록 하는가. 그분은 하느님의 부르심에 응답하셨다. 온갖 시련과 우여곡절 속에서도 분에 넘치는 사랑을 받았기에 행복했다고 말했지만 모든 생명의 좋은 표상이셨다. 어둠의 빛이셨다. 가난한 자의 유능한 상표이셨다. 억울한 이의 소금이 되셨다. 이제 우리는 큰 빈자리를 무엇으로 채울지 떨리고 두렵다.

아! 서럽다. 우리가 기댈 곳마저 없는 것이 서럽다. 제발 세상이 좀 정직해진다면 좋겠다. 맑고 반듯한 세상에서 웃어보고 싶다. 똑바로 걸어보고 싶다. 욕심도 버리고 사악함도 버리고 잘못한 일 뉘우치며 용서 받고 싶다. 그렇게 되면 저승에서나마 故김수환 추기경님은 꿈을 이루게 되는 것이다. 아마 편안히 쉬게 될 것이다. 평화와 정의가 꽃피는 아름다운 이승을 내려다보면서 그제야 짊어진 그 무거운 짐을 내려놓을 것이다.

나는 당신을 존경한다. 바보같은 초상화를 손수 그리시고 바보처럼 웃던 아름다운 당신이 그립다. 앞으로 더 흠모할 것이다. 흠모하며 늘 우러러 볼 것이다. 당신의 따뜻한 눈물과 가슴처럼 낮은 자세로 살고 싶기 때문이다. 혹은 그 약속을 다 지키지 못하더라도 기도하며 노력할 것이다. 나의 성인이신 스테파노여! 편히 잠드십시오.

향을 피우며

-故박기표님 영전에-

　낙엽이 지니 왠지 허전하다. 가슴만 그런 것이 아니라 잎새들이 마지막 인생의 예고편 같아서 세상이 우울해 보이고 사는 것조차 슬프다. 어차피 사람은 단풍들고 낙엽처럼 진다. 누군들 한평생 살다 가지만 느닷없이 지인의 부음을 받고 나는 무지 떨었다. 1주일 전 생생한 목소리로 안부를 주고(전화) 받았던 차 궂은 비보가 돌풍처럼 엄습해 왔기 때문이다.

　차라리 그렇게 어처구니가 없이 가실 거라면 성한 두 발로나 걸어서 똑바로 가실 일이지 끝내 설움을 지고 어이 눈을 감으셨을까. 3대 독자로 태어나서 열여덟 살에 장가를 들었다더니- 그리하여 4남1여로 하여금 가문의 대를 이었다며 아내 자랑을 버릇처럼 하시더니 뜬금없이 미망인이란 가엾은 이름만 지어주고 가심에 눈물이 앞을 가렸을 터다.

　70여생 동안 잇고 쌓으며 다져온 삶의 소중한 경험과 늙도록 공들여서 갈고 닦아온 사랑, 우정 그 아름다운 인연조차 차마 어떻게 버리고 가셨는지 생각하면 절통하고 억울하다. 더구나 필자와는 비교적 궁짝이 통하는 사이였으며 다른 사람들의 부러움과 시샘을 받을 만큼 각별한 관계였다.

1994년 고인과 나는 월간 M 종합문예지에서 등단(수필)했다. 1932년 생이신 고인은 훨씬 오래 전 공직(전북도청)에 몸담고 있을 당시 지방 모 신문사에 시를 발표한 바가 있으며, 사업(출판업)가로 활동하는 중에 도 창작활동을 해오던 터였다. 1995년(8/7) 고인이 산파역을 도맡고 M 문예 출신들의 주축으로 1년여 준비 끝에 한글회관 강당에서 '한국○ 문학인협회'를 창립했다.

그때부터 회장님으로 통했다. 한국문단의 새바람을 일으키고자 하 는 의욕이 워낙 컸던지라 창립원년부터 문단의 주목을 받았으며 종합 문예지를 창간하여 전국 주요 200여 도서관에 기증하는 기염을 보였 다. 그리고 해마다 회원 수도 늘어서 10년 후에는 전국 각 지부 회원을 포함하여 수백여 명으로 늘어났다. 협회가 이처럼 발전하는 데는 고인 (회장)의 열정과 노력이 무지 컸다. 재임하는 동안 연연마다 문학행사를 성공적으로 치른바 있으며, 산업체 견학, 세미나, 백일장, 해외문학교 류 등 대성황을 이루는 큰 역할을 했던 것이다.

꿈도 다부지고 야무졌다. 호방한 성품의 소유자로서 그릇이 컸을 뿐 만 아니라 선이 좀 굵다하여 이따금 '덤빈다'는 평을 듣기도 했으나 중장기 사업으로 장학사업, 문학상제정, 문학관설립, 협회사단법인화 를 계획하고 일부 사업은 추진하기도 했다. 그중 사단법인화 추진은 상당히 진척을 봤다. 당시 실무를 맡았던 필자는 고인과 함께 세부적 인 프로젝트를 만들어서 문광부의 심의를 시도했지만 진실성(자본금과 자본금 운용에 대한)을 설득시키지 못해 결국은 철회하고 말았다. 따라서 암초에 부딪친 고인의 문학적 열정은 회원들의 비등한 여론에 기백이 꺾이고 10년 재임을 마무리 하는 계기가 되었다.

야인으로 돌아온 박 회장님은 조용히 문우들과 정을 나누며 활동하셨다. 전보다 횟수가 줄기야 했지만 뇌졸중으로 몸이 불편하였음에도 불구하고 찾아갈 곳 다 다니며 아름다운 여생을 보냈다. 평소 수석에도 관심이 많아서 집안의 진기한 명석들이 점점마다 애장품들이라고 자랑하곤 하셨는데 한마디로 풍유의 단서라 할 것이다. 그만큼 고인은 산과 강을 벗으로 삼았고 주말이면 어김없이 그곳에서 묵객처럼 사색하며 자연의 한량이 되었다.

하지만 인생이 허망한 것인 줄 누가 알았으랴. 고인은 살고자 하는 의욕이 강했다. 노구에다 그 불편한 몸을 이끌고 틈나는 대로 산책과 더러는 강둑을 거닐기도 하며 결혼식장이나 중요한 행사에도 빠짐없이 다녔다고 한다. 그러다 집근처 야트막한 산책길에서 발을 헛딛는 바람에 넘어진 뒤 병원으로 옮겨졌으나 미망인 김옥순과 아들 환창, 환철, 환태, 환진, 그리고 딸 선희를 두고 2008년(11/01) 사망, 사흘 후 성남 영생원에서 한줌의 재가 되었다.

이제 그 사람은 가고 없다. 생전에는 문단의 마당발이라고 할 만큼 장르와 상관없이 고루 친분이 두터웠으며 지인들이 많았다. 따라서 고인과 함께 있으면 언제나 새로운 문인을 만나게 되고 감히 유명 작가나 원로들과도 자리를 함께 하는 행운이 많았다. 그러나 지금 이 세상 어디에도 그 사람은 없다. 혹여 그를 기억하는 사람들도 점점 적어질 것이다. 참으로 애석하고 애석한 만큼 솔직히 말해서 암담하다.

과학문명이 판을 치면 문학은 예술분야에서 독자로부터 외면당하기 십상이다. 더구나 정보화 사회에서 영상문화가 발전하면 할수록 우리 문학은 설 곳을 잃게 된다. 고인은 문학의 저변확대를 위해서 문학적 소외계층을 상대로 순회하며 꾸준히 의미가 있는 문학행사를 주도한

바 있었다. 그때마다 주변으로부터 칭찬이 자자할 정도였기에 우리는 자부심과 또한 행복했으며 우리에게 희망과 용기를 주었다.

지금 생각하면 죄송한 것투성이다. 추모비라도 세워서 평생 흠모의 정을 나눔이 옳기야 하지만 그 또한 내가 부족한 탓으로 이룰 수 없는 처지다. 혹 만분의 일일지라도 여한이 없겠다 싶어서 아래에 고인의 시 한 수 올려드린다. 시인이요 수필가 故박기표(朴基杓)님이시여! 위로가 되실지... 아직 온기가 식지 않았을 당신께 비문 삼아 추모사에 갈음하는 바다. 편히 잠드십시오.

내 줄지어 서린 정을/ 청솔가지에 걸어 놓고// 안으로 정갈하게 가꾸어 온/ 연민의 정은 사슴의 맑은 눈에 비친/ 순정의 그리움인가// 피는 꽃잎마다/ 푸르게 타는 마음의 빛은/ 강바람 靜한 향기로 수놓은 사랑 무늬다// 나뭇가지 뼈마디가 시려 와도/ 향그러운 빛무리로 감돌아// 눈물이 이슬 되어/ 풀잎에 빛나면/ 청산도 흥이 나서 학의 춤을 춘다 (고인의 시: 靜日 전문)

김유정(金裕貞)

5월은 시월이 부럽지 않다. 변화를 꿈꾸는 역동적인 신록의 계절이기 때문이다. 무릇 봄은 생명의 바다다. 만물이 온통 초록을 이루는 저 산과 들에서 나는 대자연의 경이로운 몸짓을 보며 숨소리도 듣는다.

김유정은 30년대 한국을 대표하는 단편소설의 선구자다. 그가 남긴 불후의 명작들이 사람들에게 감동을 주고 심금을 울리며 또는 웃음을 자아내기도 한다. 그리고 누구보다 탁월한 언어적인 감각과 비범한 천재성은 필시 어떤 영감의 요람이 있었기에 가능하지 않았을까 하는 기대를 갖게 한다.

문학촌은 신남역(경춘선) 부근에 있다. 고전과 현대가 절충된 옛날 부잣집다운 건물이며, 큰 ㅁ자 담장 안에 생가가 작은 ㅁ자형으로 거푸 겹쳐있다. 쉽게 말해서 ㅁ자가 3중으로 겹쳐진 구조다. 생가(본채)와 외양간(별채1), 디딤 방앗간(별채2), 뒷간(별채3) 그리고 기념전시관, 전시관 앞에 동상이 세워져 있고 그 아래 연못과 정자도 있다.

문학촌은 정부의 도움으로 지었다고 한다. 이전에는 생가 터마저 남의 손에 넘어갔으나 지방정부의 관심으로 주변 땅까지 매입하고 장조카와 금병의숙 제자들의 고증을 거쳐서 '김유정문학촌'이 완성되었다한다. 그러나 문학촌 어디에도 김유정의 체취가 담긴 자료나 유품들은없다. 유감이다. 친구 안회남이 유고, 사진 등을 보관하고 있었으나 그가 월북하는 바람에 고스란히 없어졌다고 한다. 그래서 '문학관'이 아니라 '문학촌'이 되었다는 것이다.

김유정은 1933 글을 쓰기 시작했다. 1935 '소낙비(조선일보)'와 '노다지(중외일보)'가 각각 신춘문예에 당선됨으로서 문단에 데뷔하였다. 작품의 백미라 할 수 있는 웃음과 해학은 채만식(소설)의 반항적인 풍자와는다르며 이효석(소설)의 멋스런 언어와도 다르다. 김유정 문학은 언어의토속성이 탁월하고 표현이 매우 사실적이다. 다시 말해서 거침이 없는배설(카타르시스)은 기층민들의 고뇌와 야무진 속내를 해학과 능청으로대변했다.

그는 '구인회' 후기 일원으로서 잠시 카프에 동참한 바가 있다. 하지만 사상과 이념에 경도되지 않았다. 오히려 계급주의(공리주의) 문학보다는 순수문학을 지향하며 이상(李箱), 박태중 등과 함께 중심이 돼서 <시와 소설>이란 문학동인지를 발행했다. 그리고 그가 남긴 작품 중에서한자를 거의 사용(표기)하지 않았다는 사실에 놀라지 않을 수 없다. 이는애국적 정절을 엿보는 대목이다.

하지만 사랑이 기막히다. 김유정의 이성적 감정은 '벌거숭이 알몸으로 가시밭에 동그라져-' 찔리고 피 흘리며 이룰 수 없는 두 여인의 포로가 됐다고나 할까. 그가 연정을 품고 가슴앓이 하던 대상은 당대 명인 송만갑의 제자 박녹주였다고 한다. 박녹주(朴綠珠)는 이미 세상에 다알려진 판소리 국악인으로서 유정 따위에는 관심조차 둘 리가 만무한 처지였던 것. 하지만 유정은 4살이나 연상인데도 어머니와 닮았다는 이유로 2년 동안 줄기차게 사랑을 고백했으나 번번이 퇴짜를 맞아 결국은 실의에 빠지고 말았다.

유정의 두 번째 여인은 시인 박용철(떠나는 배)의 여동생 박봉자(朴鳳子)다. 잡지 <조광>호에 '사랑의 편지'란 공동제목으로 나란히 글이 실린 계기가 인연이 되었다. 유정이 30여 통이나 '단 3일 만이라도 좋으니 사랑다운 사랑을 한번 해보고 싶다.'며 구애의 연서를 보냈지만 답장커녕 오히려 평소 잘 알고 지내던 김환태(평론가)와 결혼해서 유정의 가슴을 멍들게 하고야 말았던 것이다.

유정은 23살 때 귀향했다. 박녹주와 사랑을 이루지 못한 충격으로 1년여 동안 전국을 떠돌다 귀향(1931)하는 처지가 됐다. 그렇지만 그는 마을 청년들과 함께 지내면서 실연에 의한 상처를 치유하며 시골생활에 열정을 쏟았다. 나중에 작품의 주요인물과 실제 지명으로 쓸 정도로 그 시골 경험은 김유정의 인생 전환점이고 소설가로서 문학적 디딤돌이 되었다.

그는 2년 후 다시 서울로 떠났다. 친구 안회남 권유로 고향을 테마로 소설 '산골나그네'와 '총각과 맹꽁이'를 쓰게 되고, 1935년 조선일보(소낙비), 신춘문예 당선으로 본격적인 창작활동이 시작된 것이다. 유정은 이때부터 죽는 그날까지 31편의 소설을 썼다. 그중 반은 농촌을 배경으로 소낙비, 노다지, 산골나그네, 만무방, 봄봄, 동백꽃 등 명작들을 남겼다.

'저 산이 금병산이래요.'

문학촌장(전상국)의 말이다. 문학촌에서 빤히 보이는 금병산(錦屏山)은 마을의 명산이다. 옛날에 병사(임진왜란)와 의병(구한말)들이 진을 쳤다고 해서 진병산(陳兵山)이라 부르기도 한다는데, 소설 '동백꽃'의 무대였다고 하니까 왠지 보고 또 다시 보게 된다. 그러나 빡빡한 일정 때문에 지척에서 눈빛으로 정을 나눌 수밖에 없었다.

나는 '금병의숙의 터'라고 새겨진 석문과 그가 심은 아름드리 느티나무로부터 고고한 정취를 느낀다. 이곳에서 야학당을 열고 열정적으로 아이들을 가르치며 농촌 계몽운동까지 하였다는 것이다. 처음에는 빈방 하나 얻어서 20여 아이들을 모아 시작했으나 얼마 후 집주인이 사랑방으로 쓴다는 바람에 지금의 터에다 움막 짓고 마을 청년들을 모아 '농우회'를 만들었다고 한다. 그리고 '노인회' '부인회'도 결성했다 한다. 그가 직접 '농우가'까지 만들어 부르며 땀으로 낙성한 배움의 터가 간이학교(인가) '금병의숙'이다.

고향에서 서울까지 약 두 시간 정도 소요된다. 그때 유정은 경춘선 기차를 이용했다. '신남역'과 청량리역을 이용했을 것이다. 신남역은 간이역으로 주변 풍광이 아름다워 여러 편의 영화 배경으로도 각광을 받은 역이다. 2004년 12월에 신남역은 '김유정역'이 되었다. 도로나 기념관 등에 유명인 이름을 붙인 것은 오래전부터지만 역명을 작가의 이름으로 사용한 경우는 우리나라에서 김유정역이 처음이라고 한다. 우리 일행들은 역장님 양해 하에 선로 위에서 혹은 주변의 산을 배경 삼아 디카로 시나리오 없는 명작을 만들었다.

춘천은 산의 도시다. 그리고 물의 나라다. 산수풍경이 아름다운 호반이요, 사랑이 만나고 머무는 낭만의 도시다. 유정은 춘천이 있기에 30년대 단편소설의 금자탑을 세울 수가 있었다. 비록 스물아홉 젊은 나이에 요절 했지만 그는 우리 기억 속에서 만인의 연인으로 장수할 것이다.

서정주(徐廷柱)

바람이 8할이나 키운 미당(未堂), 그는 모국어의 마술사였지만 바람이 데리고 갔다. 아니꼽고 매스꺼운 세상이 싫어서 홀연히 갔을까. 아니다. 미당은 푸르른 날에 차마 세상을 등지고 갔을 것이다. 한송이 국화꽃을 피우기 위하여 봄부터 소쩍새는 그렇게 울었듯이 60년간 모국어에 공들인 1천여 편의 주옥같은 시(詩)를 남기고 기왕지사 그토록 동경하던 동천(冬天)으로 갔을 것이다.

그가 죽고 나는 9월의 국화 옆에서 웃는다. 공연히 석유 먹은 꽃뱀처럼 괴이 웃으며 다가선 것이다. 인연이 닿은 것일까. <연인과 만남> 나를 그가 품안으로 받아주기에 우리는 연인이 되었다.

나는 이 기막힌 사실을 아내에게 고백했다. 예쁘진 않아도 죽는 날까지 이별할 수 없는 아내이기에 나는 그렇게 해왔던 터다. 역시나 아내는 내 손을 들어줬다. 기왕이면 자가용으로 떠나자고 한다. 만만치 않은 경비 때문에 버스나 기차를 이용하자고 하는데도 막무가내 자동차 키까지 주면서 떠민다. ㅋㅋㅋ... 나는 아내의 속내를 잘 안다. 내친김에 친정 언니네 집에 가서 요것조것 몽땅 욕심을 부릴 요량인 것이다. 사실은 한 달 전에도 마늘이랑 고추랑 그리고 참깨, 젓갈, 심지어 묵은지까지 차에 가득 싣고 왔었다.

나는 아내의 성화대로 운전석에 앉았다. '까짓게 비싸봤자지 뭐' 나 또한 휘발유가 문제냐 싶어서 배기량 따위 상관없이 막내딸 호의를 사양하고 맏사위 자가용에 가득 채웠다. 으매! 십만 원이라고 한다. 눈치가 빠른 주유맨이 피식 웃더니 세차권 한 장을 덤으로 준다.

서울에서 호남고속도로 타고 정읍 나들목(IC)으로 빠졌다. 다시 고창 가는 이정표대로 부안(고창군)에 당도해 하전마을까지 갔다. 거기서 서해안 쪽으로 10분쯤 더 달렸다. 장수강이 흘러 내려오는 곳, 도솔산 북쪽 기슭에서 서울을 바라보는 '돋음볕' 마을이 미당의 고향이라고 한다. 나는 처음이라서 더듬거리긴 했지만 아무나 서울에서 버스 타든지 기차를 타든지 3시간 반이면 도착 OK다.

미당시문학관(未堂詩文學館)이 겉으로 봐서 딱 관공서 같다. 어렸을 적에 봤던 경찰서 같기도 하고 협동조합 건물 같기도 하다. 그러나 알고 보니 선운초등학교 '봉암분교'였다 한다. 이농현상으로 폐교된 것을 지방정부(지자체)가 개조하여 문학관이 되었다는 것이다. 관망대라고 이름 붙여진 사각 모양의 전시실을 가운데 두고 양 옆으로 건물이 이어져 있다. 다시 말하면 옆으로 늘어진 中 자를 연상하면 이해가 쉬울 것 같다. 영상실, 세미나실, 휴게실, 그리고 전시실에는 육필원고와 사진, 김기창(운보)화백이 그린 미당의 초상화 등 만년에 사용하던 유품과 서적들이 진열되어 있었다.

6층의 관망대에서 바다가 지척이다. 민물이 들기 시작한 하전마을에서부터 이어진 줄포만의 갯벌이 부시다. 저 아침의 은빛과 석양에 물든 해짐이 풍경은 미당의 문학적 열정과 어우러져서 더욱 장관이었으리라. 나는 잠시 넋을 놓고 먼 바다를 보며 혹여 미당의 8할에 해당하는 갯바람이 나직한 모퉁이로 슬금슬금 빠지는 것을 느낀다. 어렴풋이 미당의 '질마재 신화'에 나오는 '신부'가 생각났다.

신부는 초록 저고리와 다홍치마로 겨우 귀밑머리만 풀리운 채 신랑하고 첫날밤을 아직 앉아 있었는데,/ 신랑이 그만 오줌이 급해져서 냉큼 일어나 달려가는 바람에 옷자락이 문 돌쩌귀에 걸렸습니다./ 그것을 신랑은 생각이 또 급해서 제 신부가 음탕해서 그 새를 못 참아서 뒤에서 손으로 잡아당기는 거라고,/ 그렇게만 알고 뒤도 안돌아보고 나가 버렸습니다./ 문 돌쩌귀에 걸린 옷자락이 찢어진 채로 오줌 누곤 못 쓰겠다며 달아나 버렸습니다.// 그러고 나서 40년인가 50년이 지나간 뒤에 뜻밖에 딴 볼 일이 생겨 이 신부네 집 옆을 지나가다가/ 그래도 잠시 궁금해서 신부방 문을 열고 들여다보니 신부는 귀밑머리만 풀린 첫날밤 모양 그대로 초록 저고리 다홍치마로 아직도 고스란히 앉아 있었습니다./ 안스러운 생각이 들어 그 어깨를 가서 어루만지니 그때서야 매운재가 되어 폭삭 내려앉아 버렸습니다. 초록 재와 다홍 재로 내려 앉아 버렸습니다. <신부>

미당의 생가는 가문의 영광과 생애가 아롱져진 황토색 벌거숭이 초가 두 채가 서로 마주 한다. 문학관과는 지근거리다. 한참을 들여다보지만 아무도 살지는 않고 누군가 관리만 하는 듯 보인다. 본채와 별채 사이 속조차 텅 빈 우물 하나가 같은 또래의 감나무에 기대고 앉아서 옛 정취를 자아내고 있다. 나는 조금 어색한 표정으로 유난히 빨갛게 익은 감 한 개를 뚝 따서 입안에 넣었다. (ㅋㅋㅋ) 입 안 가득 씹히고 밀리는 질감을 느끼며 미당도 이런 단맛을 즐기고 살았겠지 생각했다.

선운리에는 선운산이 있다. 선운산(도솔산) 북쪽 기슭에 자리 잡은 선운사(禪雲寺)는 동백꽃으로도 유명하지만 미당과 각별한 관계다. 그가 태어난 고향이요, 유소년 시절 살았던 꿈의 요람이다. 그리고 그의 토속성과 무속성이 강한 문학 세계는 불교 윤회사상에 시심의 뿌리를 두고 있으며, 그런 인연으로 선운사 입구에 미당의 시비가 있다.

선운사 골째기로/ 선운사 동백꽃을 보러 갔더니// 동백은 아직 일어 피지 안 했고/ 막걸릿집 여자의 육자배기 가락에// 작년 것만 상기도 남았습니다./ 그 것도 목이 쉬어 남았습니다.   <도솔산 선운사>

위의 시는 미당이 애창하던 가락이다. 경내가 깔끔하고 조용하다. 백일홍이 단아한 모습으로 대웅전 문 밖에서 시중드는 궁녀처럼 곱기 도 하다. 선운사는 전북지역 금산사 다음으로 조계종 제24교구 본사다. 보물 290호 대웅보전은 맞배지붕 다포 집이다. 대웅전 앞에는 6층 석 탑이 머리에 남자의 거시기를 세운 모양이 참으로 특이하다고나 할까. 아직은 때가 일러서 피지 않지만 수많은 동백나무들이 참나무와 도토 리나무 등 뒤에 서서 우아한 숨을 토한다. 잎들도 푸르다. 사이사이 보이는 저 무더기 꽃들이 '상사화'라고 한다. 빨갛게 퍼진 청상의 꽃들 이 초가을 9월 마지막 문턱에서 꽃댕기처럼 두근두근 가슴앓이 한다.

선운사 고랑에는 단풍나무와 동백나무들이 송악과 함께 숲을 이루 고 동구에서부터 선운사 경내까지 계속 이어진다. 그러나 때가 때인지 라 계곡에는 물이 많지 않았으며 그나마 침전된 낙엽 때문인지 물고기 들이 어둑한 물속에서 간혹 길을 헤매는 듯하다. 옛날에는 육자배기 흥취가 물씬물씬 했던가 보지만 지금은 복분자 술파는 늙은 아낙들이 마른 입술로 호객하고 있다.

미당은 1936년 동아일보 신춘문예 '벽' 당선으로 문단에 섰다. 김광 균, 김달진, 김동리, 김진세, 여상현, 오장환, 함형수 등과 시 전문 동인 지 '시인부락'을 창간하고 '화사' '달밤' '방' 발표로 문단의 주목을 받 았다. 1943년에는 친일성향의 출판사인 '인문사'에서 발행한 잡지 '국 민문학' 편집을 보며 친일 시와 종군기 등을 썼다. 그리고 해방 후 조선

문작가동맹(좌익)에 대응하여 조선청년문학가협회(우익) 시분과장으로 활동하면서 동아일보사 문화부장, 문교부 초대 예술과장도 역임했다. 1950년 종군문인단을 결성, 활동하고 1954년에는 예술원종신회원으로 추천 되었으며 1977년 한국문인협회 이사장을 역임했다.

미당은 우리나라 시 세계에서 영향력 있는 작가였다. 60여 년 동안 20여 권의 시집을 펴낸 것도 펴낸 것이지만 해방 후 중·고교 교과서에 다수(10여 편)의 작품이 수록된 바가 있다. 그러나 반민족적인 친일파 행적과 이승만, 전두환 정권 수립 과정에 TV 지지발언으로 '아부와 굴종'이란 비난을 받기도 하였다. 따라서 그의 시 작품들이 교육현장에서조차 비판의 대상이 되었던 것이다.

미당의 고택은 서울에 있다. 관악구 남현동 사당초등학교 뒤편으로 올라가다보면 L 자 모양 이층 양옥 한 채가 녹슨 쇠사슬로 감아져 있다. 옆에는 한글로 '서정주' 문패가 붙어 있으며 1970년부터 사망할 때까지 살던 봉산산방(蓬蒜山房)은 창작의 산실로 선후배들이 드나들던 사랑방이었다. 그러나 돌보는 사람이 없어서인지 건물 여기저기 거미줄이 처져 있으며, 마당조차 잡초가 무성히 우거져서 누가 봐도 한국 문단의 거목이 살았다고 믿기 어려운 상황이다.

나는 미당의 친일(親日) 패착에 대해서 조금은 이해할 수 있다. 우리는 누구나 죽음에 대해 공포를 느낀다. 아니면, 정녕 그 왜놈들의 무자비한 총칼 앞에서 누가 당당할 수 있다고 보는가. 미당은 대한민국의 시인으로서 우리의 정서에 깊숙 영향을 준 것이 사실이다. 하지만 시인이라고 해서 시처럼 정갈하게 살아야 한다고 강요하는 것은 억지며 자기모순이다. 가난하다고 꿈조차 가난할 순 없다고 생각한다. 그도 사람이기에 바람에 흔들리고 버리는 것과 가지는 것에 대한 자유가 있다. 그리고 부자와 명예에 대한 욕망도 있었으리라.

미당은 갔다. 그가 세운 '시의 정부'는 무너졌지만 그가 꽂은 깃발은 펄럭인다. 생명파 시인 서정주는 2000년 12/24일 도솔산 기슭 고향 마을에 묻혔다. 마을은 이곳저곳 국화를 심고 지붕과 담들도 국화꽃 그림으로 미당의 영혼을 달래준다. 때가 되면 선운사 단풍이 설악을 울릴 정도라는데 아직은 푸르른 옷자락으로 산을 덮고 있다.

신석정(辛夕汀)

키도 목도 기다랗고 눈썹이 시커먼 사나이, 코 또한 서양인 닮았으며 꽃처럼 가슴이 알록달록한 남자다. 그는 언제나 마도로스 파이프를 입에 물고 다니면서 두주불사한 것으로 여겨진다. 그리고 유독 목련 비스무리 생긴 태산나무를 좋아해서 꽃이 피면 가까운 친구들까지 불러들여 쌍떡잎사귀에다 술을 부어 마시며 함께 풍유도 즐겼다고 한다.

석정은 우리나라 서정시의 대가였다. 평생 자연을 가슴에 안고 살았다할 만큼 전원적이며 목가적인 시인이었다. '들길에 서서' '산수도'가 해방 후 中·高 교과서에 실렸고, '추석' '봄을 기다리는 마음' '소년을 위한 목가' '아직은 촛불을 켤 때가 아닙니다' 등이 1970년 이후 국정교과서에 수록된 바가 있다. 이는 신석정의 시가 당시의 국민정서에 얼마나 큰 영향을 미쳤는가를 짐작할 수 있는 대목이다.

나와 신석정님과 문학적 인연은 단순하다. 내가 문단에 발을 들여놓은 뒤 '석정공원'에서 시비(詩碑)를 처음 접하고부터다. 부안에서 30번 국도를 타고(군산, 김제, 부안, 30번 국도와 연결된 새 산업도로 이용하면 직방) 20분

정도 가다보면 새만금전시관이 나온다. 거기 조금 못 가서 습기가 다 빠진 항구(해창)가 있는데 부안 댐으로 들어가는 삼거리 바다가 보이는 갓 쪽에 '석정공원'이 있다.

파도 바람 그리고 애가 잦아서 타는 노을 풍경, 공원이라 하기에는 좀 작다 싶지만 시비에 적힌 '파도'는 서정적이며 능숙한 조임과 풀림으로 시공을 초월한다. 때문에 구월의 감동은 혹여 삼월에도 전혀 혼돈이 없다. 그만큼 석정의 시는 호소력이 강하다. 지금이사 새만금간척지로 묻혀버릴 운명이지만 해창(海昌)은 산을 닮아 입을 다물어도 유달리 파도소리가 달려드는 곳이기에 그 어떤 경우라도 노래로 남아서 우리 가슴을 파고들 것이다.

해창은 아내의 고향이다. 해풍이 키워낸 해송나무 아래서 바다에 떠 있는 그 섬을 바라보며 신비한 동화의 나라를 동경하였다고 한다. 그리고 여성스러운 애틋한 사랑과 그리움도 실은 예가 요람이었다는 것이다. 하지만 지금은 역사의 뒤안길로 사라질 처지다. 새만금간척사업으로 제방이 완성 되고부터 갯벌에서 바지락 캐던 낭만도, 물오리처럼 떠다니던 고깃배도 더 이상 가까이 볼 수 없게 되었다. 그리하여 추억과 언어들마저 갈 곳조차 잃어버린 아내의 고향은 나에게도 아픔이 된다. 다만, 석정공원이 우리를 위로해 줄 뿐이다.

신석정('07/07/07~'74/07/06)은 서울에서 3시간 반 정도면 닿을 수 있는 전라북도 부안(동중리)에서 아버지 신기온과 어머니 이윤옥 사이 둘째 아들로 태어났다. 아버지는 약방을 경영하였으나 빚보증으로 가세가 기울었으며 때문에 석정은 죽일 놈의 가난과 더불어 살아야 했다고 한다.

석정(夕汀)의 본명은 錫正이다. 어려서 한학을 공부하다 12세 때 부안보통학교 2학년에 편입했고 졸업 후 농사를 지으며 문학작품을 탐독했다 한다. 18세 때(1924) '기우는 해' 발표(조선일보)로 시인의 계기가 되었다. 20세(1926) 돼서 박소정(朴小汀)과 결혼, 그리고 4년 뒤에 상경하여 지금의 동국대 전신인 '중앙불교전문강원'에서 1년 남짓 불전(佛典)을 공부했다고 한다. 이때 박용철(떠나는 배)이 주관하는 시문학과 연결이 되어 정지용, 이광수, 김기림 등의 문인들과 만나게 되었으며 이런 인연으로 시문학 3월호(1931)에 '선물'을 발표하고 동인이 되었다.

시인 농부, 하지만 그해 석정은 어머니 상을 당하고 귀향했다. 전답 10여 마지기 소작을 지으며 귀향 3년 만에야 지금의 선은동에다 집을 장만해서 '靑丘園'이라 이름을 붙였던 것이다. 석정은 여기서 명작 촛불(1939)과 슬픈 목가(1947) 시집을 상재했다.

해방 후 석정은 김제 죽산中, 부안中에서 국어를 가르쳤다. 1954 전주高 교사로 부임했으며 이듬해부터 전북大와 전주大에서 시론을 강의하기도 했다. 그리고 다시 김제高, 전주商高에서 1972년까지 20여 년 동안 교직생활을 하며 시인으로서 창작에 몰두하다가 고혈압으로 투병 6개월의 보람도 없이 1974 홀연히 떠났다. 당시 수상집 '난초 잎에 어둠이 내리면' 출판을 기다리다 그마저 못 보고 향년 68세로 임실군 관촌면 신월리에 묻히고 말았던 것이다.

지금 선은동 고택은 전설의 고향이 되었다. 안채와 별채가 황토색으로 단장이 되었긴 하나 빈 집이다보니 왠지 안쓰러워 보인다. 문학관이 생긴다는 말을 들은 지가 오랜데 여태 예산 확보조차 안 됐다니 언어도단 아닌가. 가신 지 어언 반의 반백년이다. 한국문단의 거목이 살았다고는 믿을 수 없을 만큼 주변도 흉하다. 나는 죄스런 마음으로 풀 몇 포기 뽑았다. 그리고 그가 그토록 좋아했다고 하는 태산나무 비

숫한 떡갈나무에 낀 먼지를 닦아내며 떡잎사귀에다 참이슬(소주) 한 잔
부었다.

    밤나무
    소나무
    느티나무들이 다문다문 선 사이사이로 바다는 하늘보다 푸르다

고, 작은 짐승처럼 앉아서 바다를 노래하던 신석정님은 만인의 아름
다운 연인이다. 아무나 눈물을 웃음으로 만들지 못한다. 추한 것을 가
지고 눈부시게 꾸미는 재간도 없다. 신석정님이야말로 찌든 영혼을 기
름지게 하고 풍요롭게 만들며 잃어버린 것들도 기억하게 한다. 그리고
우울한 가슴까지 환하게 한다. 비록 그는 갔지만 서정적인 정서가 바
탕에 깔린 그 맑고 고운 호소력이 우리들의 영혼을 언제나 감동시킬
것이다.

이효석(李孝石)

내가 사랑할 수 있다는 것. 그 누구일지라도 사랑하는 동안 나는 행복하다. 내가 흠모하는 연인 중에는 이효석님이 있다. 그는 36세 젊은 나이에 요절한 우리나라 대표적인 순수문학 단편소설 작가다. 그는 문학인으로 뿐만 아니라 전인교육자로서 지식기반사회에 초석이 되었으며 동서 문화를 두루 향유한 엘리트였다. 그리고 작품을 통해서 암울한 시대적 고충과 어두운 사회의 변화를 암시하며 시적인 필체로 새로운 문화모델을 제시해 주었다.

효석님은 경성고 제국대 법학부 영문과 졸업하고 총독부경무국검열관으로 재직하다 지인들의 지탄에 굴복하고 말았다. 한동안 가난에 시달리다 경성(함북)농업학교 영어교사로 부임했으며 1936 숭실(평양)전문대 교수가 되었다. 그러나 1938년 학교가 폐교하는 바람에 이듬해 대동공업전문대로 자리를 옮겼다.

이효석(可山)은 1928년 朝鮮之光에 '도시와 유령' 발표로 문단에 데뷔했다. '행진곡' '기우' 등 내놓았으나 동반자 작가에서 9인회 참여로 순수문학을 지향하면서 본격적인 작가로서 주목을 받았다. 이때 나온 작품들이 향토색이 강한 '돈(豚)' '수탉' 등이다. 특히 숭실대 교수가 된 후 발표된 '산' '들' 등은 비교적 자연과 친화적인 교감으로 필체가 유려하고 낭만과 심미주의 사조가 절정에 이른다.

'메밀꽃 필 무렵'은 불후의 명작이다. 대표작이며 비로소 유명 작가의 반열에 서게 되었다. 장돌뱅이 '허생원'과 동업자 '조선달' 그리고 아들로 짐작되는 '동이'와 함께 나귀를 몰고 '봉평'장에서 80리쯤 떨어진 '대화'장까지 메밀꽃이 흐드러진 밤길을 가면서 20년 전 성서방 딸과 인연을 회고하며 처녀의 아들 '동이'를 친자로 확인하는 과정이다. 이는 1930년대 시골사회의 순수한 풍경들을 미학적 세계로 승화시킨 작품이다.

하늘 아래 첫 동네, 그가 태어난 평창군 봉평면 창동리 남안동은 낮보다 밤이, 여름보다는 겨울이 훨씬 길다고 한다. 비록 고랭지 식물에 목을 대고 살긴 해도 가난을 즐길 줄 아는 주민들의 마음씨가 바둑판처럼 깔끔하고 티조차 없어 보인다. 아직은 6월인지라 소금을 뿌린 듯이 흐드러진 메밀꽃은 볼 수가 없지만 파릇한 잎사귀와 초록의 줄기들이 산허리를 감았다.

아침 7시 출발했는데 문학관에 도착 시각이 10시 반쯤이다. 동서울터미널에서 양수리 지나 남한강 쪽으로 쭉 한없이 간다. 9인승 승합차에 6명이 타니까 자리는 넉넉했다. 터널을 몇 개나 거푸 지나고 녹색향기의 진동에 취해서 깜빡 졸다 눈을 떠보니 강원도라는 것이다. 리터당 150달러나 되는 원유를 부릉부릉 퍼마신 자동차가 숨을 돋우며 이리저리 재를 넘고 또 올라서니 '화방고개'라고 한다.

처음 서본 고개다. 산 속에 파묻혔다 겨우 뚫고 얻은 자유라고나 할까. 그런데 벌써 다른 등산객들이 꾸역꾸역 등을 타기 시작한다. 우리 일행 중 4분은 한강기맥 마지막 코스 끝 지점 '먼드래고개'까지 완주할 요량이고 나는 이효석문학관기행으로 일정을 잡아놨던 터였다. 사실 나는 운이 좋았다. 카페 요맥(樂脈) 운영자님께서 특별히 배려해 주신 때문인데 일행들은 모두 요맥의 등산회원들이며 십 수 년 전부터 시작해서 이미 백두대간과 9정맥을 두루 완주한 전문가들이고 지금도 매주 전국의 지맥을 찾아 나서는 산사람들이다. 우리는 고갯마루에서 헤어졌다.

오르고 내리고 반복하면서 나와 K는 네비게이션이 가리키는 대로 '봉평' 마을이 있는 평창군에 접어들었다. 가다말고 K가 시동을 멈춘다. 그리고 회심의 미소를 짓는다. 뽕나무가 아주 작은 미풍에 요염한 몸짓으로 살랑대며 검붉은 속살을 거침없이 보이고 있었기 때문이다. 행운 하나 덤으로 얻었다고나 할까. 나는 그것이 '오디'라는 것을 처음 알았다. 일명 '상실(桑實)'이라고도 하는 뽕나무 열매다. 복분자 나무와 유사한 종(種)이지만 씹히는 육질과 씹을수록 단내가 더해져서 넋 나간 사람처럼 '오디'의 오묘한 맛에 푹 빠져버렸다. 그런데 더 놀라운 사실은 뽕나무 고목에서 '상황(桑黃)버섯'이 핀다는 것이다. 딱 뭉쳐진 진흙 덩이처럼 생겼대서 '목질진흙버섯'이라고도 부르는 버섯으로 암을 비롯하여 여러 가지 성인병에 효과가 있다고 알려진 희귀종이다. K씨는 식물에 관한 상식이 전문가 수준이었다. '오디'의 발견과 상황버섯에 관한 것도 실은 K로부터 귀동냥한 것이다.

이효석 생가는 초가다. 계곡처럼 생긴 개천과 도로가 휙 지나는 외딴 동네다. 여기서는 하늘만 빤히 보인다. 이곳까지 외지 문명이 어떻게 이어졌는지 궁금했으나 생가에는 다른 주민이 살고 있어서 고갤 쳐들고 마당 정도만 들여다 볼 뿐 사진 한방 찍고서는 냉큼 발길을 돌렸다.

문학관은 생가에서 7백 미터 떨어진 산허리에 놓였다. 주차장에서 메밀밭을 끼고 조금 오르니까 문학비가 나온다. 비석을 지나 광장에는 집필하는 모습의 이효석님 좌상이 이국적이며 젠틀(Gentle)한 느낌이 들었다. 하지만 정작 문학관은 외형보다 내용이 좀 빈약하다는 생각이 들었다. 전시관 상당 부분이 나와는 별 상관도 없는 메밀에 관한 내용으로 채워졌던 것이다.

떡 본 김에 제사 지낸 격이다. K와 나는 메밀국수로 점심을 먹었다. 나는 기분이 좋을 때마다 아내에게 전화를 건다. 오늘은 전화를 받지 않았다. 그런데도 걱정이 되지 않은 것은 나이 탓인가. 이효석은 대학을 졸업하고 나서 결혼했으나 신혼 초부터 바람기를 주체하지 못할 만큼 연애지상주의에 빠질 정도로 로맨티스트였다고 한다. 그러나 그도 가난에서 도망치려다 고독에 갇혀버린 유약한 선비가 되었다. 1940 부인(李敬媛)과 사별하고 아들마저 잃은 뒤 극심한 실의에 빠져서 만주 등지를 떠돌다 왔으나 이미 뇌막염으로 몸이 쇠약해 작품도 뜸했다.

결국 갔다. 2년 동안 병석에서 고독과 씨름하다 36 나이에 세상을 떴다. 그는 생애의 반을 문학에 바치고 나머지 반은 고독에 헌신한 사람이다. 그러나 그의 문학에 바친 반생이 온전한 생명으로 부활하여 오래 존재할 것이다. 비록 젊은 나이에 반짝하다 세상을 떴지만 그가 남긴 주옥같은 언어와 그가 만든 이야기들은 우리 삶의 유익한 생활양식이 될 것이다. 솔직히 말해서 그가 뿌려놓은 씨앗이 있기에 우리는 작은 행복일지라도 매만지며 웃을 수가 있다.

오후 새참 때 집이 그리워진다. 내가 사는 동네까지 늘어진 산 그림자 밟고 방 안에다 산기운을 부린다.

채만식(蔡萬植)

탁류와

청류가

만나는 군산 앞 바다를 누구나 확연히 볼 수 있다.

　나도 봤다. 쏴-하고 갯바람이 불어온다. 강물과 바닷물이 민족의 동지가 돼서 서로 부둥켜안고 흐른다. 30년대 우리나라 현대문학의 거장 채만식님 대표작 소설 '탁류'는 타락한 사회의 부정적인 모습을 풍자와 냉소를 통해서 고발한 여인(초봉)의 수난사다. 하지만 단순히 암울한 당대 현실을 까발리거나 드러내는 것이 아니라 암암리에 대안과 희망을 제시하는 작품이기도 하다. 그래서 금강하구와 군산 앞바다는 '카' 하는 신선함과 '어'하는 탄식이 함께 공존하는 삶의 원천이다.

　솔직히 말해서 나는 채만식님 소설을 읽어본 적이 없다. 현대문학 강의를 통하여 작가에 대한 이해와 졸업 후(국문학) 문단에 데뷔하고 나서 그제야 '탁류' 줄거리를 대강 본 것이 전부다. 나는 이번 '채만식문학관'을 처음 탐방하고 비로소 채만식님과 그의 작품에 대한 관심을 갖게 되었다. 아무튼 내가 군산을 방문한 것은 이번이 두 번째다. 십이삼년 전 문학세미나(신한국문학인협회) 때문에 하룻밤 보낸 일이 있으나 이번에는 누님 둘째 아들(목사)의 장남 결혼식 참석차 내친김에 욕심부린 결과 기회를 얻었다.

문학관은 군산시 내홍동 285에 세워졌다. 금강하구 둑 아래가 소설 탁류의 무대다. 대지 2,991평 작지 않은 부지이며 뒤편에 도로가 큰 획을 긋고 지난다. 1층은 전시실과 자료실이다. 2층은 영상세미나실로 꾸며졌으며 사진과 유품도 그를 이해하는데 도움이 됐다. 그리고 금잔디로 단장된 마당에는 탁류 속의 미두장(米豆場)을 연상케 하는 기차역이 있다. 하지만 기차는 없다. 그냥 벤치에 앉아서 이별과 만남을 연습하는 낭만의 장소로 생각하면 된다.

나는 강과 바다를 번갈아 본다. 금강(400여km)이 전북 북부지방과 충청도 땅을 동서로 가로질러 하구에서 서해로 흘러든다. 그래서 황토색 강물은 바다에서조차 텁텁해 보인다. 금강하구 둑 일대는 갈대밭이다. 자연생태 관광지로서 해마다 11월이면 우아한 고니들이 장관을 이루고 둑(제방) 공사로 생긴 금강호는 고니뿐만 아니라 희귀한 새들의 도래지 터라고 한다. 둑 위에서 남으로 저 넓은 땅과 바다가 전라북도 북서부 기름진 평야며 또한 유서 깊은 군산의 항구다.

'탁류'는 장편소설이다. 조선일보에 연재된 작가 채만식의 대표작일 뿐만 아니라 한국 현대소설 중 불후의 명작이다. 입심이 좋고 상황 묘사가 구체적인 데다 구성진 사투리 또한 유감없이 구사된다. 호남평야에서 생산된 미곡을 일본으로 반출하던 항구도시 군산을 배경으로 미두장에 빌붙어 살아가는 丁주사 몰락과 딸 '초봉'의 기구한 삶을 통해 식민지 사회에 대한 폐해를 조망한 소설이다.

미두장(米豆場)은 당시 군산의 심장부다. 쌀과 콩 등의 주거래 선물시장으로써 주변에 여러 은행들과 중간상점들이 즐비했다 한다. 그리하여 자연 이곳 미두장에 3류 문화지대가 형성되었으며 전국 별별 족속들이 들끓었다고 한다. 마침 소설 속에서도 丁주사가 봉변당하는 장면이 나온다.

#1) 시간은 오후 두시 반, 후장의 대판시세 이절(大阪時勢二節)이 들어오고 나서요, 절기는 바로 오월 초생, 싸움은 퍽 단출하다. 안면 있는 사람들이 없는 바는 아니지만 누구 하나 나서서 말리지도 않는다. 지나가던 상점의 심부름아이 하나가 자전거를 반만 내려서 오도카니 바라보고 섯는 것이 그림의 첨경같이 더욱 호젓하다.

#2) 그러나 미두장 앞에서 일어난 싸움이란 빤히 속을 알조다. 그런 싸움은 하루에도 으레 한 두 패씩은 얼려 붙는다. 소위 '총을 놓는다.'는 것인데 밑천 없이 안면만 여겨 돈을 걸지 않고 '하바'를 하다가 지고서 돈을 못 내게 되면 그래 내라거니 없다느니 하느라고 시비가 되어 툭탁 치고 받고 한다. 촌이라면 앞뒷집 수탉끼리 암컷 샘에 후두둑 후두둑 하는 닭싸움만큼이나 예삿일이다.

#3) 정주사는, 멱살을 잡은 애송이의 팔목에 대롱대롱 매달려 발돋음을 친다. 목을 졸려서 얼굴빛은 검푸르게 죽고, 숨이 막혀 캑캑 기침을 배앝는다.

위 내용은 채만식 작가만이 가능한 개성적인 능청과 입담으로 소설의 백미를 이룬다. 정주사의 딸 '초봉'은 아버지 친구 박재호가 경영하는 약방 점원으로 미모가 수려했다. 초봉은 의사 지망생 남승재와 좋은 감정을 가졌으나 아버지 때문에 방거장이 태수에게 시집갔다. 그러나 남편 태수가 유부녀와 간통하다 타살 당하던 날 초봉은 곱사인 장형보에게 강간당하고 군산을 떠난다.

초봉이 서울 가다가 약방 주인인 박재호를 만났다. 평소 흑심을 품어 오던 박재호에게 속아서 그만 몸을 바치고 초봉은 그와 동거하는 사이가 된다. 그런데, 느닷없이 곱사 장형보가 나타나자 초봉은 박재호로부터 버림을 받고, 억지로 장형보와 다시 살면서 자식까지 잉태하게 되었다. 하지만 초봉이 큰 결심을 한다. 증오의 대상인 장형보를 죽이고 첫사랑 남승재의 도움으로 자수하게 되면서 소설은 대단원의 막을 내린다.

채만식은 호가 둘이다. 하나는 백릉(白菱)이고 또 하나가 채옹(菜翁)이다. 1910 임피보통학교 입학, 4년 후 졸업했다. 1918 중앙고등보통학교 재학 중에 은선흥(殷善興)과 결혼했으며 중앙고 졸업하고 나서 일본 와세다大 영문과에 입학했다. 그러나 관동지방 대지진으로 1923 중도귀국, 장기결석 이유로 본교로부터 퇴학당했다. 채만식은 언론사 기자였다. 동아일보, 조선일보 기자로 활동하다 1945 해방과 더불어 고향에 왔다.

그는 늘 외투와 중절모를 쓰고 다녔다고 한다. 그로 인해서 불란서 백작이란 소리를 들었으며 깔끔하기 이를 데가 없었다 한다. 혹여 남의 집에서 밥을 먹는 경우 숟가락을 닦아내고 사용할 정도였으며 심지어 자리에서 일어날 때도 습관적으로 허벅지를 툭툭 털어내곤 했다는 것이다. 그처럼 청결성은 창작에서도 완벽을 지향하고 있었던 것으로 보여 진다. 하나의 단편소설을 완성하는데 무려 640여 원고지를 버릴 정도였다 하니까 짐작이 된다.

그는 문단생활 27년 동안 70여 단편과 15편의 중장편 소설을 발표했다. 대표작으로는 '레디메이드 인생' '치숙' '태평천하' '탁류' 등이지만 그도 별 수 없이 가난과 병마에 둘러싸여 살았다. 본처와 이혼하고 신식 여인과 재혼도 했으나 뼈저린 가난은 그를 비참하게 만들고 말았던 것이다. 그가 조선일보 기자생활을 접은 뒤 개성 안양 등지로 옮겨 살면서 창작에 몰두하는 동안 지겹도록 가난이 따라붙었다 한다. 해방 후에는 고향 작은형 집에서 기거하는 사이 폐결핵이 악화돼 죽고 (1950), 죽은 뒤 옥구군 임피면 계남리 선산에 묻혔다.

채만식은 풍자성이 강한 소설을 개척한 대가다. 풍자와 걸걸한 비웃음을 통해서 당대의 울분과 부조리를 고발하고 나섰다. 사실 시대적 아픔은 예나 지금도 마찬가지다. 정도의 차이가 있을지 몰라도 사회는 언제나 들끓고 시끄럽다. 하지만 강물은 쉬지 않으며 하늘을 보고 바다로 흐른다. 본시 물이란 맑은데 사람들이 마구 허물을 쏟아 붓는 바람에 오염이 돼서 강물은 탁류가 되었다. 채만식은 그 같이 신음하는 강(금강)을 보며 '눈물의 강'이라고 했다. 나는 문학관을 나서며 공손히 백릉(白菱)에게 한 말씀 하고 싶었다.

아니 옵니다.
이제는 눈물의 강 아닙니다.
체념의 바다가 아니라 희망의 바다입니다.
라고...